KB123016

소심해서
그렇습니다

소심해서
그렇습니다

유선경 산문집

동아일보사

제게 생을 주신 아빠와 엄마에게
이 책을 바칩니다.

"낳아주셔서 감사합니다."

이 말을 하기까지 꼬박 45년이 걸렸습니다.

소심하게 쌓아둔 것들이
무심하게 버린 것들이
어쩌면…

세상에는 두 종류의 사람이 있습니다. '소심한 사람'과 '무심한 사람'.
'대심한 사람'이라는 말 대신 '대담한 사람'이라는 말을 쓰는 것으로
보아 마음이란 본디 작고 무른 것일지 모릅니다. 이를 키우고 단단하
게 만드는 과정이 수양이겠지요. 저로 말할 것 같으면 딱 열두 살까
지만 소심했고, 그 후에는 소심하지 않기 위해 노력했습니다. 너무 소
심해서 사는 데 꽤 지장이 있었기 때문입니다. 세상과 타인에게서 받
는 상처가 너무 컸습니다. 그래서 보호색을 띠기로 작심했습니다.
바로 '무심'이었습니다. 이래도 저래도 아무렇지 않은 척하려고 무던
히도 애썼습니다. 20여 년쯤 노력하다보니 제법 경지에 올랐던 모양
입니다. 어느 날 친구가 대화 도중 버럭 소리를 질렀습니다. "아무것
도 아니라는 말 좀 그만해! 네가 그렇게 말할 때마다 내가 얼마나 상
처 받는 줄 알아?" 그 말이 참 아프게 저를 때렸습니다. 남에게서 상
처 받지 않기 위해 뒤집어 쓴 '무심'이 역설적이게도 남에게 상처 줄
수 있다는 사실을 그때 알았습니다. 동시에 왜 타인과의 소통에 애를

먹는지, 그리고 사는 게 왜 재미없는지 발견했습니다.

사소한 일에 마음 흔들리는 이를 소심하게만 여기는 사람은 다른 사람의 마음을 이해하지 못하는 사람입니다. 사람들이 소심하게 주고받는 말과 표정과 행동 속에 얼마나 무궁무진한 시그널이 들어 있는지 헤아리지 못해 다가오는 사랑도, 사람도, 기회도 놓쳐버립니다. 무엇보다 소심한 마음 하나 이해하지 못하면서 무슨 큰일을 도모한다는 것인지 당최 알 수가 없습니다. 그리고 그렇게 도모한 큰일이 어떻게 사람의 마음을 움직이고 세상을 변화시킬 수 있다는 것인지 또한 알 수 없습니다. 그런 사람들이 하는 주장을 더 이상 믿지 않기로 했습니다.

소심한 사람은 섬세한 사람입니다. 타인의 말과 표정, 행동의 변화에 민감합니다. 그래서 이야깃거리가 풍부합니다. 소심한 사람은 상대가 편해야 비로소 자신이 편해집니다. 그래서 자신의 불편함을 감수하고 상대의 편함을 우선적으로 배려합니다. 자신이 배려한 만큼 남도 자신을 배려해주기를 바랍니다. 그러나 대놓고 요구하지는 못해서 혼자 서운해 할 때가 많습니다. 자기주장을 목소리 높여 하기보다 남의 말을 귀 기울여 듣습니다. 그렇게 들은 말을 오래도록 기억합니다. 집에 돌아온 후에 그 사람이 왜 그런 말을 했을까? 한 번 더 생각합니다. 가끔은 내가 왜 그때 제대로 응수하지 못했을까? 후회하기도 합니다. 조심성이 많아 위험감지능력이 뛰어나지만 알면서도 당하는 수가 많습니다. 거절하거나 거부하는 데 능숙하지 못해서입니다. 그래서 홀로 상처 받고 다시는 상종 말아야지 다짐했다가도 상대가 용서를 구하면 '그래, 그럴만한 사정이 있었던 거지'하고 이해합니다. 소심한 사람은 비록 간디처럼 앞장서지는 못해도 세상이 평화롭고 조용하기를 바라며 그를 위해 자신의 불편함과 손해를 기꺼이 감수하는 소극적 평화주의자입니다. 그러나 세상은 이런 소심함 따위 무심하게 짓밟고 의연하게 굴러갑니다. 그럴 때마다 소심한 사람의 영혼은 조금씩 부식되어갑니다. 그의 마음은 굳게 닫혀 부서져갑니다. 온 천지에 피비린내와 비슷한 쇳내가 진동합니다.

사람들이 알았으면 좋겠습니다. 무심히 버린 것들이 쌓여 인생이 될 수 있습니다. 소심하게 쌓아둔 것들이 인생을 이룰 수 있습니다. 소심이 비록 세상살이에 거치적거리고 쉽게 상처받게 만들지라도 역지사지로 놓고 적용하면 사람을 헤아리는 기본 공식이 되어줍니다. 그래서 소심(小心: 작은 마음)이 소심(笑心: 웃는 마음)이 될 수 있습니다. 알고 보면 소심한 여러분에게 그 이야기를 펼쳐 보일 수 있어 참 기쁩니다.

2015년 8월에,
유선경

차례

6부
아무렴, 해놓은 것이 아무 것도 없을까

별일 없는 날

1부

검정 비닐봉투

:

만약에 지구가 멸망해서
문명이 원시시대 수준으로 돌아가버린다면
그래서 미래의 원시인들이
우연히 과거의 최첨단 문명을 발견했을 때
가장 유용하게 쓰일 물건이 무엇일까 생각했습니다.
지금 우리가 사용하는 문명기기라는 것의 대부분은
전기나 석유가 없다면 크고 작은 고철덩어리나 마찬가지니
별 쓸모가 없을 것 같습니다.
그래서 떠오른 것이 비닐봉투였습니다.

미래의 원시인들도 물건을 그냥 손에 들고 다니는 것보다
어디에 넣어 다니면 편리할 테니까요.

그런데 왜 핸드백이 아니고 비닐봉투냐 하면,
가죽이나 천으로 만든 핸드백보다
비닐봉투가 썩는 데 더 오랜 시간이 걸릴 것 같아서입니다.
종류에 따라서 짧게는 수십 년에서 길게는 수백 년이라고 하니
미래의 원시인들이 땅을 팔 때마다
비닐봉투가 마구 쏟아져 나올 것입니다.

어떤 물건도 모양에 상관없이 마구 담을 수 있고
특히 검정 비닐봉투는 속에 무엇을 담았는지 보이지 않으니,
참으로 유용할 것입니다.
놀이 도구로도 손색없습니다.
바람 많이 부는 날, 비닐봉투 두어 개쯤 허공에 날리고
아이들에게 저거 가지고 놀아라, 내보내도 좋을 것 같습니다.

창밖에 날아다니는 것이 까마귀인 줄 알았습니다.
그런데 검정 비닐봉투였습니다.
바람에 제 몸을 부풀려 바람을 타고
이리로 저리로 날아다니는 모습은
그 안에 들어 있는 것이 양도 질도 없는 공기가 아니라
누군가의 영혼 같기도 하고
누군가의 시간 같기도 했습니다.

형태가 정해지지 않아 무엇이든 담을 수 있지만
무엇을 담았는지 남의 눈에는 보이지 않습니다.
담은 사람, 바로 나만 압니다.
남들 눈에는 그저 검정 비닐봉투로만 보일지라도….*

아무 일도 없다

:
:

내 몸 안에는 매우 많은 장기가 존재하고,
그 속에서 대체 무슨 일이 벌어지는지
아무리 내 몸이라도 나는 모릅니다.
얼마 전부터 소화가 되지 않고
공복에는 묵직한 통증도 느껴졌습니다.
그러고 보니, 하는 일 없이 피곤합니다.
어디에 문제가 생긴 걸까, 대체 어디일까?

그러나 앞서 말한 것처럼 배 속에는 참 많은 장기가 존재하니,
정확히 어디인지 알 길이 없습니다.
순간적으로 별의별 생각이 다 떠올랐고
아직 정정하신 부모님에까지 생각이 미쳤습니다.

한참을 망설이고 미루던 끝에 병원에서 검사를 받았습니다.
검사를 받기 위해 전날 저녁부터 굶었습니다.
검사비용도 만만찮았습니다.
의사 선생님이 딱딱하게 굳은 얼굴로 검사 결과를 알려줍니다.

"아무 이상 없는데요?"

1986년, 핼리혜성이 76년 만에 지구에 근접했을 때,
친구가 말했습니다.
"핼리혜성이 지구하고 부딪쳐서 인류가 멸망할지도 몰라.
옛날에 공룡이 멸종했던 것처럼."
무서웠습니다.
"너를 보는 것이 오늘이 마지막일지도 모르겠다"는 말을 끝으로
친구와 헤어져 집으로 돌아왔습니다.
식구들에게 친구가 한 말을 전했다가
"쓸데없는 소리 말고 잠이나 자라"는 꾸지람을 들었습니다.

인류가 공룡처럼 멸망할지 모르는 날 밤이었습니다.
마땅히 잠 같은 건, 오지 말아야 하는데
세상이 멸망하든지 말든지, 상관없다는 듯
무례하게 잠이 쏟아졌고, 눈떠보니 멀쩡했습니다.

어제 아침과 똑같았고, 아무 일도 없었습니다.
참 다행이라는 생각은 잠시…

허탈했습니다.
허무하기도 했습니다.
무슨 큰일이 벌어지길 바란 건 아니지만
고작, 내 몸이 어제와 똑같고
지구가 어제와 똑같다는 사실을 확인하는 데 지불한
물질적 비용, 정신적 스트레스는 너무 컸습니다.

원, 세상에!
때로 삶은 우리에게
아무 일도 없다는 사실을 확인해주는 대가로
어제와 똑같아서 다행이라는 사실을 알려주는 대가로
만만찮은 비용을 청구하기도 합니다. *

정들어서 좋다

:
:

어르신 혼자 살고 있는 집은 누추하고 허름했습니다.
아직도 아궁이에 불을 때야 하고, 변소가 마당에 있으며
겨울엔 수도꼭지가 얼어 물을 쓰기도 어려운 집은
아무리 봐도 생활하기 불편해 보였습니다.
어르신은 아침 일찍 일어나 닭들과 개들에게 먹이를 주고
텃밭에 나가 채소에 물을 주고 영근 것들은 따서
어떤 것은 오물조물 장과 함께 무치고,
어떤 것은 생으로 상에 올려
이웃들과 함께 밥을 먹습니다.
부르지 않아도 이웃들은 점심 무렵이 되면
각자 만든 반찬이나 텃밭에서 딴
채소나 과일을 가지고 하나둘 나타납니다.

일흔 살만 돼도 젊어서 좋겠다고
한껏 부러워하는 할머니들의 점심 식사.
이 자리에 우연히 한 젊은이가 끼어 함께 밥을 먹다가 물었습니다.
"살기 불편하지 않으세요? 자식하고 함께 살면 좋잖아요."
할머니들은 일제히 "여기 사는 게 좋아" 하며 손사래를 쳤습니다.
젊은이가 믿을 수가 없어서 속말로 "좋긴 뭐가 좋아요" 하는데,
한 할머니가 말씀하셨습니다.

"정들어서 좋아. 집도, 동네도, 이웃도 다 정들었잖아.
떠나면 못살 거 같아."

이곳을 떠나는 것이 꿈인 적도 있었습니다.
자신이 떠나지 못하면
자식이라도 떠나보내는 것이 목표였습니다.
그러기 위해서 내 한 몸 부서져라 일하는 것은 필수였고
너무 고단해서 팔자타령, 신세타령
원망스러운 날도 허다했습니다.

그러다 정이 들었습니다.
손가락으로 헤아려보면, 즐거운 날보다 힘든 날이 더 많았으니
고운 정이 아니라 미운 정입니다.

그래서 떠나지 못합니다.

미운 정까지 든 장소가,

사람이,

심지어 직업도

가장 편안하며, 가장 질긴 인연이라는 진실을

언제부터인가 받아들이게 됐습니다. °

꽃씨의 운명

⋮

처음에는 먼지인 줄 알았습니다.
집 안의 먼지가 뭉치면 솜털이 되어 날아다니니까요.
그런데 먼지가 아니었습니다.
갓 태어난 새의 솜털 같은 것에 포근하게 싸여 있는 그것은,

꽃씨였습니다.

꽃씨는 나풀나풀 바람을 타고 날다
바람이 멈추는 곳에 떨어져
뿌리를 내리고
싹을 틔우고
꽃을 피웁니다.

그중에 어떤 것은 백 년을 꼼짝없이
그 자리에서 살아야 합니다.
이것이 식물의 운명입니다.
모든 불시착이 운명이 됩니다.

그나마 땅에 떨어졌으면 좋았을 텐데
하필이면, 방 안에 불시착하는 바람에
뿌리조차 내릴 수 없는
비운의 꽃씨가 되고 말았습니다.

깨알만 한 꽃씨를 보며 생각했습니다.

너의 꿈은 무엇이었을까?
비옥한 대지에 떨어져
뿌리를 내리고
싹을 틔우고
꽃을 피우고
어쩌면 몇 년을 살아 열매를 맺고
수십 년을 살아 큰 나무가 되는 것이 꿈이었을까,
날개를 달지 않고도 날 수 있었던 그동안이 꿈이었을까.

하염없이 가벼워서
먼지처럼 가벼워서
천사처럼 가벼워서
숨결에도 허공을 날 수 있었던
그때가 차라리 꿈이었을까.

모든 꿈이 다 사라져버린 꽃씨를 휴지통에 버리며
잠시 애도의 뜻을 표했습니다.

동지섣달 꽃 본 듯이

．
．
．

나그네는 길을 잃고 헤매고 있었습니다.

어쩌다 잘못 든 길, 겨울 해는 금방 산 너머로 져버리고

주위는 천지 분간이 어려울 정도로 컴컴했습니다.

허기져 몸이 가벼워진 탓인지

작은 돌부리에도 자꾸만 걸려 넘어졌고,

그때마다 땅이 발목을 붙잡아

어둠 속으로 집어던질 것 같은 무서움에 벌벌 떨었습니다.

그 순간, 어디선가 내 이름을 부르는 목소리와 함께

어둠 속에 둥실 떠오르는 등불 하나.

그 따뜻한 빛을 보았을 때 나그네의 표정이 딱 이랬을 겁니다.

"동지섣달 꽃 본 듯이"

할머니는 버스 정류장에 서 계셨습니다.
허리는 굽었고, 얼굴엔 주름살이 가득합니다.
몇 대의 버스가 와서 문을 열었지만 오르지 않았습니다.
할머니가 기다리는 건 버스가 아니었으니까요.
이윽고 버스 한 대가 와서 멈추고 문을 활짝 열었습니다.
그 순간, 놀랍게도 굽어 있던 할머니의 허리가 쭈욱 펴집니다.
손바닥 활짝 펴는 것처럼 주름살도 반듯하게 펴졌습니다.
할머니의 표정은 딱 이랬습니다.

"동지섣달 꽃 본 듯이"

할머니의 품으로 앙증맞은 꽃 한 송이 달려와 털썩 안깁니다.

책장 넘기는 소리와
이따금 라디에이터에서 스팀 내뿜는 소리만 들리는
도서관에서 청년은 서가 사이를 헤매고 다녔습니다.
한순간에 청년의 눈동자가 커지고, 거기에 별이 둥실 떴습니다.
그 표정이 딱 이랬습니다.

"동지섣달 꽃 본 듯이"

당신이 지금 무엇을 보았는지
당신이 지금 누구를 보았는지
그 무엇이, 그 누가, 당신에게 어떤 존재인지
당신의 얼굴만 보아도 알 수 있습니다.

동지섣달에 무슨 꽃이 피냐고 합니다.
그러나 나는 분명히 보았습니다.
그 꽃이 당신 얼굴에서 피는 것을…
노래도 들었습니다.
날 좀 봐달라고, 날 좀 봐달라고
동지섣달 꽃 본 듯이 날 좀 봐달라고…

표시 나지 않는 것

.
.
.

표시 나지 않아 몰라본 것이 있습니다.

펭귄의 다리 길이입니다.

펭귄에게 다리 길이 운운한다는 자체가 실례가 아닐까

싶을 정도로 펭귄의 다리 길이는 참담합니다.

펭귄에게 다리가 있나? 그냥 발만 있는 거 아닌가? 했습니다.

인터넷에서 '펭귄 실제 다리 길이'라는 제목으로 올라온

두 장의 사진을 보고 깜짝 놀랐습니다.

한 장은 펭귄의 골격을, 다른 한 장은 펭귄의 겉모습을 담고 있는데

놀랍게도 겉으로 보기에 그토록 짧은 펭귄의 다리는

엑스레이를 투과해 찍어본 결과,

길었습니다. 그것도 아주 길었습니다.

사람으로 치면 무릎을 90도로 구부린 모양새였는데
짧은 줄 알았던 펭귄의 다리는 단지
쭈욱 펴지 않았을 뿐이었습니다.
다리만 긴 게 아니었습니다. 목도 미인처럼 길었습니다.
생각보다 꼿꼿하고 길쭉한 목.
아, 펭귄의 실체여!
감탄이 절로 나왔습니다.

"표시를 내야 알지" "표현을 해야 알지" 합니다.
그러나 펭귄은 표시 낼 수 없습니다. 표현할 수도 없습니다.
그래서 앞으로도 계속
두툼한 턱시도 속에 숨은 긴 다리로
성큼성큼 걷는 게 아니라
겉으로 드러난 짧은 다리로 종종거리며
남극의 차가운 얼음 위를 걸어 다닐 것입니다.

그처럼 자신의 속을
스스로 표시 내지 못하는 사람의 소망은 늘 하나입니다.

말하지 않아도
나를 알아주는 사람을 만났으면…
끝내 말할 수 없는 이 마음을
알아주는 사람을 만났으면…
내 속을 엑스레이로 투과해줄 사람이 나타났으면…
만약에 그럴 수만 있다면 내가 걷고 있는 이곳이
더 이상 빙판처럼 춥고 미끄럽고
아슬아슬하지 않을 텐데….*

너에 대한 사용설명서

:
:

껐다 켰다 몇 번을 반복해도 이건 도무지
벽돌 내지 돌멩이나 다를 바 없습니다.
아무런 반응이 없는 무생물체, 그 자체입니다.
'대체 지금 너한테 무슨 일이 벌어지고 있는 거니.'
괜히 뚜껑을 열어 속을 들여다보지만, 본다고 뭘 알까요.
'정말 너에 대해서 아는 것이 아무것도 없구나' 하고 자책합니다.

이런 일이 처음이 아닙니다. 번번이 다짐했더랬습니다.
첫째, 너에 대한 사용설명서를 읽고 사용하기로 한다.
둘째, 너에 대해 기본적인 지식은 공부하기로 한다.
셋째, 그렇게 해서 너에게 무슨 일이 생길 때
다른 사람 손에 맡기도록 한다.

한 번도 지키지 못했습니다.
그래서 할 수 있는 이제 방법이 한 가지뿐입니다.
애프터서비스 센터로 달려가기.
직원이 어디가 어떻게 이상하냐고 묻습니다.
급한 마음에 약간 짜증이 납니다.
여보세요. 어디가 어떻게 이상한지 내가 어떻게 알겠어요?
그냥 작동이 안 돼요. 안 된다고요!
생각만 했습니다. 일단 맡기고 기다리라고 합니다.
고칠 수 있냐고 물었더니, 봐야 안다고 합니다.

고장이 났습니다.
고치지 못한다면 이건 뭐, 벽돌이나 돌멩이
그런 것들과 다를 바 없습니다.
서비스 센터 의자에 앉아 기다리고 있노라니,
사람의 한평생이 애프터서비스 기간처럼 느껴집니다.
내 안의 무언가, 우리 사이의 무언가, 인생의 무언가
고장 나거나, 망가지거나, 부서지거나…
그때마다 포기하지 말고 끊임없이 고쳐야 하는,
끝내 버리지 말아야 하는….

운이 좋아 훌륭한 애프터서비스를 받을 수 있다면 좋겠지만
이왕이면 다른 사람 손에 맡기지 않는 것이 더 좋을 것 같습니다.
그러기 위해서는 새롭게 배워야 할 것이 참 많습니다.
지금으로서는 아는 것도, 할 줄 아는 것도 없으니까요. *

보험을 권유받을 때

:
:

전화벨이 울립니다. 실수로 받았습니다.

기다리는 전화가 있어서 발신인 번호를 확인하지 않고 받았습니다.

상냥한 목소리로 저희 카드를 이용해주셔서 감사하다며

혜택을 드리겠다고 합니다.

세상에 공짜 없다는 거 뻔히 알면서도

혜택이라는 말에 귀가 솔깃한데,

난데없이 노후 준비는 어떻게 하고 있느냐고 물어옵니다.

순간, 걸렸구나! 싶은 불길한 예감이 들었습니다.

아니나 다를까, 노후연금보험 이야기를 꺼냅니다.

설마 이렇게 말하면 물러서겠지, 생각하며

이미 들어놨다고 말했는데 순진한 대처법이었던 모양입니다.

전혀 당황하는 기색 없이 태연하게 이런 물음이 돌아옵니다.

"어디 하나 가지고 되겠어요?"

옛날에 우리 조상들은 딸을 낳으면 논두렁에 오동나무를 심고
아들을 낳으면 선산에 소나무나 잣나무를 심었습니다.
오동나무는 딸을 시집보낼 때 혼수로 장을 만들어주려고
소나무나 잣나무는 자신이 죽을 때 관으로 짜라고 한 것이었습니다.
둘 다 앞날에 대한 작은 투자였고 대비였으니
요즘으로 말하면, 일종의 보험 같은 것이었습니다.

어디 하나 가지고 되겠느냐는 질문을 받았지만
일어날지 안 일어날지 모를 미래 때문에
현재를 희생하고 투자하는 것은
이 정도면 되지 않냐고 반문하고 싶었습니다.

보험뿐만이 아닙니다.
무엇이든 하나만 가지고는 부족하다고 부추기는 세상입니다.
분명히 전보다 물질적으로 풍족해졌는데도,
늘 부족하다고 느끼는 이유는
어쩌면 '하나만 가지고는 안 된다'라는
막연한 불안감 때문이 아닐까 싶었습니다. *

쓰레기 버리는 날

:

요즘 시절에 이사가 뭐 그리 어려운 일이냐고,
그냥 포장이사 하면 간단하지 않냐고 하지만
여러 번 이사하면서 깨달은 사실 하나.
포장이사를 하든, 그냥 이사를 하든
이삿짐에 들어갈 것과 들어가지 말아야 할 것을
꼭 분류해야 한다는 것입니다. 그러지 않으면,
쓰레기까지 함께 이사 가는 불상사가 생기고 맙니다.

꼭 지저분하고 더러운 것만 쓰레기가 아닙니다.
더 이상 쓸모없으면 쓰레기나 마찬가지인데,
버리지 못해 굳이 끌어안고 살았습니다.
아깝기도 했고, 언젠가 혹시 쓸 일이 생길지 몰라 그랬습니다.

30년 넘은 솥단지를 굳이 챙겨 이사 다니는 어머니에게
쓰지도 못할 거 왜 버리시지 않느냐고 했더니
정작 내 방 옷장 속에 십 년 넘은 옷이 허다합니다.
입은 적도 별로 없는 이 옷을 가지고 몇 번을 이사 다녔을까요?

그 또한 욕심이었습니다.
더는 쓰지 않을 거라면 유행 지나기 전에,
먼지 타기 전에, 아직 쓸 만할 때
재활용품으로 얼른 내놓았으면
누군가 유용하게 썼을지 모르는데
왜 그렇게 버리지 못해 쌓아뒀는지….

참, 미련했습니다.
어디 더 이상 쓰지 않는 물건뿐인가요.
잃어버린 물건이 운 좋게 나오기도 하고
있는지도 몰랐던 까마득한 것들이 나오기도 합니다.
애타게 찾던 물건을 찾는다면 반가운 일이지만
있는지도 몰랐다면 그 또한 쓰레기나 마찬가집니다.

머무른 자리가 오래될수록 짐은 점점 늘어납니다.
아무래도 이사라도 해야 정리가 될 모양입니다.

나에게 무엇이 꼭 필요한지,
무엇이 더 이상 필요 없어져버려도 되는지….
그중엔 분명 버려야만 후련해지고
가뿐해지는 것들도 있을 것입니다.
물론, 버리기 전엔 한참을 망설일 것입니다.
세상의 모든 미련이 다 그렇듯이….

그러나 다시 시작하는 것처럼
텅 비워야 하는 시점이 한 번쯤은 필요합니다.
지금 당장 이사하긴 어려우니
아무래도 대청소라도 해야겠습니다.

몰래

:

가슴이 머리 몰래 하는 짓이 있습니다.

감정입니다.
감정이란, 대부분 나도 몰래
나의 육체를 짓누르며 솟아오릅니다.
나라는 제국 안에 일어난 반역.
그래서 처음에는 당혹스럽습니다.
계획에 없던 일, 의도하지 않았던 일이
나 몰래 벌어졌기 때문입니다.
아무리 견고하게 보이는 성이라도 무너지기는 한순간.
가슴이 머리 몰래 벌여놓은 감정에 사로잡히면
다음에는 눈과 발이 동참합니다.

보지 말아야 한다고 하면서 자꾸 몰래 보고
가지 말아야 한다면서 자꾸 몰래 갑니다.
마음의 눈, 마음의 발이 몰래몰래 그곳으로 향합니다.
분명히 나쁜 짓이 아닌데, 몰래 이러는 것은
아직도 머리의 승낙을 받아내지 못했기 때문일까요,
남이 아는 것이 부끄럽고 자존심 상해서일까요.

몰래 사랑하고
몰래 울고
몰래 아파하고
몰래 미워하고
몰래 꿈을 꾸고
몰래 계획을 세우고
몰래 한밤중에 아이스크림을 먹고
몰래 쇼핑을 하고…

몰래 했고,
몰래 하는 것에는 수수께끼가 숨어 있습니다.
왜 몰래 할 수밖에 없는지,
무엇이 몰래 할 수밖에 없게 만들었는지
어쩌면 나의 진실과 비밀이 폭로되려고 하는 순간일지도요.

그러나 역설적이게도
우리가 누군가를 진실한 마음으로 알고 싶을 때,
가장 보고 싶은 모습이 바로 그 몰래의 순간입니다.
남이 모르게 살짝, 가만히, 무엇인가를 하고 있을 때야말로
아무도 의식하지 않는 있는 그대로의 모습이니까요.
그래서 몰래 무엇을 하는지 몰래 훔쳐보고 싶어집니다.

세상에서 가장 솔직한 모습.
'몰래'.
그러나 몰래는 '홀로'입니다.
그래서 몰래 하는 것은
다른 사람과 나눌 수가 없습니다.
사랑도, 슬픔도, 아픔도, 성공도,
아이스크림도, 아무것도. *

시간과 시계

:

늦잠을 자도 좋을 어느 휴일 아침이었습니다.
늦잠을 자도 좋은데 아침 일찍 저절로 눈이 떠졌습니다.
벽시계를 보니 5시였습니다.
그런데 창밖이 벌써 환했습니다. 아무 생각 없이
'해가 참 일찍도 뜨는 구나'하고 좀 더 눈을 붙였습니다.

얼마나 더 잤는지….

그것은 영원한 미스터리가 되고 말았습니다.
다시 눈을 떴을 때도 여전히 5시였으니까요.
그제야 알아차렸습니다.
시계가 죽었다는 사실을.

계속 누운 채 분침과 시침이

12와 5에 멈춰 있는 벽시계를 쳐다봤습니다.

마침 온 사방은 고요했고, 순간적으로 이런 기분이 들었습니다.

'온 생애가 새벽인지 오후인지 모를 5시에 영원히 멈춰버린 것 같다.'

시계와 시간의 차이는 무엇일까요.

시계는 그저 시간을 재는 기계에 불과하다고 말하면서도

시계를 들여다보며 시간이 없다고,

시간이 빠르다고 하고 있지는 않은가요?

그러나 시계 속 시간이란

사람들끼리 편의상 정한 규칙에 불과할 뿐,

저마다의 시간은 다르게 흘러갑니다.

시계처럼 규칙적이지 않고, 길어졌다가 짧아졌다가

파도처럼 넘실거리며 흘러갑니다.

어느 순간엔 죽은 시계처럼 영원히 멈춰버리기도 합니다.

심지어 시계로 잴 수 없고, 가둘 수 없는 시간도 허다합니다.

꿈, 노력, 사랑 같은 귀중한 덕목들을 시계로 잴 수 있을까요?

이런 생각을 하다 집 안의 온갖 시계를 보면

제각각 한 개씩의 농담 같습니다. *

월요일 아침

:
.

출근길 아침, 타고 가는 지하철의 문이 열렸습니다.
한 무리가 휩쓸려 들어오면서
어떤 여자의 하이힐에 발등을 찍혔습니다.
극심한 고통을 느끼며 잠에서 깼을 때
시계는 6시를 가리키고 있었습니다.
아직 여유가 있습니다.

옆에 서 있는 여자의 빨간 립스틱이 불안해 보입니다.
다른 사람들에게 밀려 납작해지지 않으려고 버텼습니다.
그러나 왜 불길한 예감은 틀리는 법이 없을까요.
사람들에게 떠밀리면서 와이셔츠 어깨에
빨간 립스틱이 묻고 말았습니다.

날벼락 맞은 심정으로 사무실에
여벌의 와이셔츠가 있던가, 없던가 생각합니다.

드디어 회사가 있는 역에 도착했습니다.
겨우 지하철에서 빠져나와 에스컬레이터를 탔습니다.
그런데 이상합니다. 에스컬레이터가 올라가지 않고 내려갑니다.
어떻게든 위로 올라가려고 안간힘을 쓰며 뛰었습니다.
그러나 내려가는 에스컬레이터에서 계속 제자리일 뿐입니다.
진땀이 흐릅니다.
'이러다 지각하겠다. 악몽이라면 제발 깨어다오!'

아까 6시에 깼을 때, 벌떡 일어났더라면 이런 일은 없었을 텐데,
조금만 더, 조금만 더
잠을 이기지 못해서 악몽을 꾸고 지각까지 했습니다.

출근 시간을 넘긴 지하철은 그런대로 탈 만합니다.
지하철역에서 나왔을 때 하늘을 나는 새를 봤습니다.
어린 새는 하늘을 날면서 여러 번 날갯짓을 합니다.
어른 새는 한번 힘찬 날갯짓으로 오래도록 하늘을 납니다.
바람을 탈 줄 알기 때문입니다.
그 노련함과 여유로움이 부러웠습니다.

헐레벌떡 뛰어 문이 닫히려는
회사 엘리베이터의 열림 버튼을 눌렀습니다.
겨우 타서 숨을 고르며 시선을 바닥으로 떨어뜨렸는데…

세상에! 구두를 짝짝이로 신고 왔습니다.
색깔만 똑같은 검정입니다. *

무언가를 잃어버렸다면

:
:

새벽에 차를 타고 서울의 한강 다리를 건너다,
인도에 서 있는 낡은 자전거 한 대를 보았습니다.
자전거는 난간에 몸에 기댄 채,
혼자서 우두커니 밤섬을 쳐다보고 있었고
밤섬 위로 갈매기가 날고 있었습니다.
주위는 을씨년스러울 정도로 사람이 보이지 않았습니다.

저 자전거는 주인도 없이 왜 저렇게 혼자 있을까?
누가 버렸을까, 아니면 잃어버렸을까?
주인은 저 자전거를 찾고 있을까, 아니면
영원히 찾고 싶지 않을까?

혹시, 자전거가 주인을 떠난 건 아닐까?

마음에 들지 않았으나, 차마 버릴 수는 없어서
차라리 잃어버리고 싶은 물건이 있었습니다.
어쩌다 필요해서 찾을 때,
한쪽 구석에 팽개쳐두었다고 믿었던 그 물건은
더 이상 보이지 않았습니다.
어디에 두었는지 아무리 생각해도 기억이 나지 않았습니다.

깨달았습니다.
잃어버리고 싶은 것은 언젠가는 꼭 잃어버린다는 사실을,
주인 맘을 알아채고 몰래 사라져버린다는 사실을….
꼭, 그처럼
잊어버리고 싶은 기억도 언젠가는 잊어버립니다.
새하얗게, 혹은 새까맣게….

기억은 주인 맘을 알아채고 몰래 사라져버리고,
주인은 언제 어디서 잊었는지 기억하지 못합니다.
그리고 어떤 부류의 사람들은
잃어버린 뒤에야, 잊어버린 뒤에야
비로소 그것들의 모습을 뚜렷이 봅니다.

지금까지 모르던 내가 보입니다.
사라지고 나서야 마음의 눈 속에
깊이 새겨지는 것들이 있습니다. *

아이스크림

⋮

하루 종일 집에만 있어 무료해하는 아이를 데리고 밖에 나갔습니다.
비가 내리고, 날도 무덥고, 딱히 갈 곳이 마땅찮아
"아이스크림 사줄까?" 했더니 좋다고 합니다.
편의점에 가자마자 아이스크림 냉장고부터 열어주었습니다.
아직은 손이 닿지 않아 비록 스스로 열지는 못해도
스스로 골라 먹는 재미는 줘야 하겠기에
아이를 안아 올려 냉장고 안을 보여주니,
평소에 자기가 즐겨 먹는 아이스바를 용케도 골라냅니다.
포장을 뜯어 아이 입에 물려주고 집으로 돌아가려는데
아이의 발걸음이 집이 아니라 놀이터로 향합니다.
벤치로 쪼르르 달려가 떡하니 자리 잡고 앉아
"나 다 먹고 갈래~" 합니다.

그래, 그러자 하고 옆에 앉아서 먹는 모습을 지켜보는데
예상치 못한 일이 벌어졌습니다.
날씨 탓에 먹는 속도보다 녹는 속도가 빨랐습니다.
아이스크림은 아이의 입에 닿기도 전에 금방금방 녹아서
아이의 손에서 무릎으로, 땅으로 쉴 새 없이 흘러내렸습니다.
아이가 먹은 아이스크림은 절반도 못 된 것 같습니다.
아깝게도 나머지 절반 이상은 다 녹아버렸습니다.
빨리빨리 먹었으면 조금이라도 더 먹을 수 있었을 거라고 생각하니
더위 탓만 할 일도 아니라는 생각이 들었습니다.

돌이켜 보면, 그처럼 분명히 내 손 안에 있었는데
아이스크림 녹듯 사라져버린 것이 적지 않습니다.
시간이 그렇고, 기회가 그랬습니다.
그 두 가지가 아이스크림 녹듯이 녹아 없어질 수 있다는 사실을
예전에는 알지 못했습니다.*

신기루를 보았다

:

한강 다리로 연결되는 8차선 대로가
어쩐 일로 한가했습니다.
텅 빈 도로 저 끝, 아지랑이가 아른거리며 피어오르고
그 너머로 물빛 오아시스가 보입니다.
그러나 이곳은 서울의 도심 한복판.
오아시스가 있을 리 없으니,
아마도 살수차가 물청소를 하고 지나간 모양입니다.

신호가 바뀌고
방금 전 오아시스가 보이던 자리를 지났습니다.
도로 위에 물기라곤 보이지 않았습니다.
방금 전에 본 것은 그러니까,

신기루.
뜨거운 여름 태양이 달구어놓은 도로가 토해놓은
더운 공기 사이를 빛이 이리저리 굴절하며
통과하느라 생긴 착시현상이었습니다.

신기루를 보았습니다.
"신기루를 보았다." 참 이상한 말입니다.
신기루란,
실제로는 없는 것.
없는 것을 보았다니 이상한 말일 수밖에요.
그러나 방금 전에 분명히 그것을 보았고
그것은 실제로는 없는 것이었습니다.
한 번도 사막에 가본 적은 없지만, 아마도 이런 느낌이겠지요.

발아래 모래는 데일 듯이 뜨겁고
여기에서 주저앉으면 몸도 마음도
모래가 되어 흩어질 것처럼 지칠 때,
저 멀리 아지랑이가 피어오르고
오아시스가 보입니다.
야자수 그늘 아래 시원한 오아시스에 발을 담그고
시원해질 기대 덕에 그곳까지 달려갈 기운이 생깁니다.

목마른 사람이 물, 야자나무, 그늘을 본다고 상상합니다.
믿을 만한 증거가 있어서가 아니라,
스스로 그렇게 믿어야 하는 간절한 이유가 있기 때문입니다.
그 결과, 눈앞에 나타나는 것은 내가 바라는 모습 그대로의 환각.
그러나 비록 환각일지언정, 그 힘으로 사막을 건널 수 있다면
그 자체로 이미 오아시스입니다.

우리에게 꿈이 그렇고, 사랑이 그렇고, 예술이 그렇습니다. *

한눈팔다

:
:

엄마는 심부름을 보내면서 끝에 꼭 이 말을 덧붙이셨습니다.
"한눈팔지 말고, 곧장 집으로 와."
그때는 대수롭지 않게 들었는데
한눈팔다, 참 재밌는 표현입니다.
그리고 대부분 한눈을 팔았습니다.

심부름 가는 길에 놀이터에서 혼자 그네 타는 친구가
쓸쓸해 보여서 같이 그네를 탄 적도 있고,
오는 길에 만화가게나 오락실에 들러
허락도 없이 거스름돈을 써버리기도 했습니다.
집에서 엄마가 저녁밥을 짓는다는 사실은 까맣게 잊어버린 채
만두까지 야무지게 사 먹고, 정작 심부름한 물건은

어딘가에 놔두고 집으로 돌아온 적도 있습니다.
그럴 때, 엄마는 진심으로 화를 내며 야단치셨지요.
"도대체 어디다 한눈팔고 다니니?"
글쎄요…
어디에다 팔았을까요?

당연히 볼 데를 보지 않고 딴 데를 보는 눈, 한눈.
그래서 쓸데없이 한눈팔지 말라고 하지만
무엇을 좋아한다와 무엇이 보인다 사이에는 상관관계가 있어서
좋아하면 다른 것은 아득하게 잊어버리고
그것만 보이기 마련입니다.
그래서 어디에 한눈파는지를 관찰하면
무엇이 필요한지, 무엇에 관심이 있는지
다음에 어떻게 나올지 짐작할 수 있습니다.
아니, 사실은 철이 없어서
꼭 해야 할 것이 눈에 보이지 않았는지도 모르겠습니다.

나이가 들면서 한눈파는 일은 많이 줄었습니다.
정확하게는 한눈팔 여유가 없어졌습니다.
그러나 머릿속이 해야 할 일로 꽉 차면
오히려 그 일을 제대로 해내기 힘들어집니다.

그럴 때, 지금 하는 일과 아무런 상관없는
그래서 어쩌면 쓸데없는 것일 수도 있는 데다 한눈팔고 돌아오면
새로운 힘이 생기고 능률이 오른다는 사실을 알았습니다.

가끔은 한눈팔아도 좋습니다.
아무리 바빠도, 한눈팔 수 있는 여유와
호기심을 잃지 않았으면 좋겠습니다. *

흔적을 남기다

:
:

이른 아침, 숲 속 산책길에 나섰더니, 아까시꽃 향기가 진합니다.
꽃망울이 작은 포도송이처럼 송골송골 맺혔습니다.
어렵사리 구해온 조가비에 아까시꽃을 한 개씩 뜯어
보기에도 먹음직스러운 밥 한 그릇 만들어 함께 먹었습니다.
둘이서 냠냠냠 먹는 시늉하면서 꽃향기에 취했고,
줄기를 따서 한 개씩 손에 들고 가위 바위 보!
질 때마다 이파리 한 개씩 뜯어내며 놀았습니다.

그때처럼 아까시꽃이 하얗게 송골송골 피었습니다.
이제는 그 얼굴이 동그라미로밖에 떠오르지 않습니다.
나랑 신랑 각시 했던 그 소년.

산길을 내려오면서 손에 쥔 아까시꽃 한 망울씩
슬며시 땅에 놓아주었습니다.
이렇게 가다가, 가다가 어느 순간 돌아보면
지나온 내 흔적을 볼 수 있을 줄 알았습니다.
바람이 밀물처럼 불었다 썰물처럼 물러갑니다.
그때마다 아까시꽃이 한 무더기씩 흩날려
꽃그늘을 드리웁니다.

멈춰 서 뒤를 돌아보니,
지금까지 내가 걸어온 흔적은 보이지 않고
떨어진 아까시꽃들로 가득합니다.
흔적은 꽃 속에 파묻혀버렸습니다.
그도 참 좋다, 생각하였습니다.

하늘, 바람, 꽃, 이라면
그까짓 흔적쯤이야 묻힌들 어떠랴… 하고. *

이래야 할까,
저래야 할까

2부

'주의!'라는 팻말을 보면

.
.
.

골목길 중간에 '주의!'라는 입간판이 섰습니다.

한동안 하수도 공사를 하느라 어른 키만큼 깊숙이 패어 있었는데,

모래와 석회와 시멘트가 햇볕과 바람에 마를 날을 기다리고 있습니다.

집으로 돌아오던 길에 그 '주의!'라는 커다란 두 글자를 발견하고

잠시 망설이기는 했습니다.

건너뛸까, 말까. 뛸 수 있을까, 없을까.

곧 결심을 굳히고 어엿차! 허공을 날아올랐습니다.

다행히 무사히 건너편에 도착했습니다.

그렇기는 한데, 음…

마르지 않아 질척거리는 석회와 시멘트 속에

한쪽 신발이 폭 빠져버렸습니다.

지나가던 동네 어른이 혀를 차면서 나무라십니다.

"쯧쯧쯧 그렇게 돌아서 가지.
저기 주의! 라고 걸어논 거 못 봤어?"
망연자실한 표정으로 신발을 겨우 건져내 집으로 돌아갔습니다.
한쪽 발은 맨발인 채로 절뚝거리면서 말이지요.

'주의!'라는 말이 '조심해서 하라'는 뜻인지,
'위험하니까 하지 말라'는 뜻인지 알쏭달쏭할 때가 있습니다.
우리가 하는 모든 선택에는 그처럼
'주의!' 라는 팻말이 서 있습니다.
조심해서 잘해 혹은, 위험하니까 하지 마.
어떤 경우든 남 탓은 하지 마.

안 하면 제일 안전합니다.
그러나 위험한 줄 알면서도 하고
조심해야 하는 줄 알면서도
물리치고 감행할 때가 있습니다.
대부분 성공할 때보다 실패할 때가 더 많고
실패의 후유증은 오래갑니다.
나의 그 무모했던 도전의 결과가
한동안 이 골목길의 발자국 문양으로 남게 될 것처럼요.

정작 중요한 것은 이제부터입니다.

실패했으니까 다시 하지 말든지
실패해봤으니까 앞으로 잘할 수 있든지.
그리고 이 선택 앞에도 역시
'주의!' 라는 팻말이 서 있습니다.

이래야 할까, 저래야 할까

:

순간의 선택이 평생을 좌우한다는 말이 있습니다.
그만큼 선택이 중요하다는 뜻이지만
한편으로 많은 사람이 평생을 좌우할 수 있는 선택을
너무 쉽게 한다는 뜻이기도 합니다.
기준이 오로지 하나,
그 순간의 느낌, '좋다' '싫다'로 말이지요.

내 느낌에 좋은 것을 선택했으니 당장에는 흡족할지 모르지만,
세월이 흐르면서 현명한 선택이 아니었다는 사실을 깨닫습니다.
그래서 사람들이 과거를 돌아보며 하는 후회가
'그때 좀 더 현명하고 신중하게 잘 선택했더라면'이지요.

그때 단순하고 사소하게 여긴 선택이
자신의 인생뿐 아니라 내가 사랑하는 사람들의 인생까지
좌우했다는 사실을 깨닫고 나면,
잘못된 선택, 놓쳐버린 기회에 대한 후회는
더욱 커져버립니다.
그러다 길에서 우연히 만난 한 할머니가
이렇게 말씀하시는 걸 들었습니다.

"너무 따지지 마. 당장은 내가 손해 보는 것 같아도
착한 마음을 선택했을 때 후회가 없었어."

누구나 마음속에는 착한 마음이 들어 있고,
그 착한 마음이 들려주는 말에 귀를 기울이고
그 마음이 이끄는 길을 따라가라.

앞으로 꼭 지키겠노라 약속하기는 힘들지만
어떤 선택이 하루를 즐겁게,
인생을 행복하게 만들 수 있을지 알 것 같습니다.
그리고 그와 비슷한 말을 한 사람이 있습니다.
인도 출신의 명상가 에크나트 이스와란입니다.
그는 하루에도 몇 번씩, 할까 말까, 살까 말까, 갈까 말까,

선택의 기로에 선 우리에게 명쾌한 기준을 제시합니다.

"무엇이 옳은 것인가. 어느 쪽이 미래를 향한 것인가.
어느 쪽이 밝은가. 그리고 한 가지 더 중요한 것이 있다.
무엇이 나와 다른 사람을 함께 행복하게 하는 일인가."*

멋지다

:

엄마 따라 미장원에 갔다가
아줌마들이 파마하는 모습을 봤습니다.
멋졌습니다. 하도 멋져서 사흘 밤낮 엄마를 졸라
기어이 꼬불꼬불 아줌마 파마를 하고야 말았습니다.
아줌마들마다 박장대소했고,
엄마는 창피해했지만 소녀는 자기 자신이
세상에서 최고 멋진 사람이 된 것 같아 기분이 으쓱했습니다.

어느 날, 멀리서 사촌언니가 놀러왔습니다.
언니는 머리카락이 허리까지 길었습니다.
그래서 고개를 움직일 때마다 긴 머리카락이
불린 미역처럼 찰랑거렸습니다.

언니를 보는 사람마다 예쁘다고 칭찬해주었습니다.

그래도 소녀는 자신의 짧고 꼬불거리는 파마머리가

훨씬 멋지다고 생각했습니다.

하지만 한 가지가 궁금해서 물었습니다.

"언니, 이만큼 머리카락을 기르려면 얼마나 길러야 해?"

언니가 들려준 답은 놀라웠습니다.

"음… 한 3년쯤?"

깜짝 놀랐습니다. 무려 소녀의 반평생이었으니까요.

그래서 생각했습니다.

언니의 머리카락은 비록 멋지진 않지만,

무척이나 소중하겠다고….

다음 날 아침이었습니다.

먼저 일어나 앉아 있는 언니의 뒷모습을 보고

소녀가 깜짝 놀라 소리를 질렀습니다.

"언니 머리에 껌 붙었어!"

하필이면 뒷머리 중간쯤이었습니다. 둘은 당황해서

물도 묻혀보고 얼음도 대보고 갖은 방법을 동원했지만,

떼어내기란 거의 불가능해 보였습니다.

마침내 언니가 침착하게 결단의 선언을 했습니다.

"가위 있니?"

어젯밤 잠들기 전에 껌을 씹다가
아무 데나 붙여놓았던 소녀가
참회의 눈물을 떨구며 가위를 건네자
언니는 한 치의 망설임 없이 그 긴 머리카락을 싹둑!
한 번에 잘라버렸습니다.

머리카락이 마치 슬로비디오처럼 떨어지는 동안
소녀의 얼굴에서 눈물이 말랐고,
입에서 찬사의 말이 나왔습니다.
"언니! 멋지다."

반평생일 수도 있는 것, 그만큼 소중한 것,
남들이 모두 칭찬하는 것.
그러나 상황이 어쩔 수 없다면,
징징대지 말고, 미련 없이 싹둑 잘라내기.

미안하다는 동생에게 "머리카락은 또 자라" 하면서
명랑하게 콧노래를 흥얼거린 언니의 모습은
그 후로도 오랫동안 참 멋졌습니다. *

세상과 나의 속도

:

아이는 유난히 먹는 속도가 느렸습니다.

그래서 엄마는 속이 상했습니다.

추석 같은 명절에 친척 아이들이 한자리에서 간식을 먹을라치면

다른 아이들이 세 개 먹을 때

겨우 한 개 먹을까 말까 했기 때문입니다.

엄마가 안타까운 맘에 따로 불러

곶감 한 개와 약과 한 개를 쥐여주었습니다.

아이는 방으로 들어가 오물오물 천천히 곶감을 먹었습니다.

사촌들이 그 모습을 봤지만, 이미 배가 부른 상태라

굳이 빼앗아 먹으려 하진 않았습니다.

그런데 큰어머니가 아이 혼자 아직도 곶감 먹는 것으로 오해하고

뼈 있는 한마디를 던졌습니다.

"너는 혼자 뭘 그렇게 많이 먹니?"

손위 동서한테 범죄 현장이라도 들킨 것처럼
민망하고 서운한 맘에
엄마는 아이에게 큰 소리로 성을 냈습니다.
"남들 세 개 먹을 때 겨우 한 개 먹으니
그렇게 느려서 어떻게 세상을 살겠니? 남들한테 다 뺏기고
네 몫이나 제대로 챙겨 먹고 살겠니? 너 때문에 속상해!"
그러자 아이는 엄마에게 곶감과 약과를 돌려주며
빨리 먹으면 맛이 없으니 먹지 않겠다고 했습니다.
엄마는 더 화가 났습니다.

어떤 사람은 세상살이를 가난하고 형제 많은 집안의
밥상 같은 것으로 여깁니다.
빠르면 많이 먹을 수 있지만, 느리면 굶을 수밖에 없습니다.
그래서 "빨리빨리"를 외칩니다.
이런 주변의 속도에 아랑곳하지 않고
자신의 속도대로 가는 사람이 있습니다.
많이 먹는 것보다 맛있게 먹는 것이 더 좋아서입니다.
그의 기준은 남들이 아니라 자기 자신입니다.
그런 모습이 모자라 보이고 답답해서

주변의 사람들은 그의 등짝을 앞으로 떠밀고 싶어 하지만
누가 즐겁게 노래를 부르며 제대로 된 방향으로 갈지는
두고 봐야 알 일입니다.

빨리 갈 것이냐, 제대로 갈 것이냐,
속도에 맞출 것이냐, 방향에 맞출 것이냐.
이런 것을 선택할 때 최우선적으로 제외해야 하는 것은
바로 '남들'입니다.
그들 중 아무도 내 인생을 대신 살아주지도
책임지지도 않으니까요. *

얼마나 필요할까

.

:
:

장마철에는 아침에 눈뜨자마자
창밖을 내다보는 것이 일과입니다.
역시나 하늘이 물에 젖은 솜처럼 무겁게 내려앉아 있어서
번개나 천둥이 조금만 때려도
금방 물이 뚝뚝 떨어질 것 같습니다.
그래도 장담할 수 없습니다.
이렇게 생긴 하늘에 속아 우산을 가지고 나갔다가
쓸 일이 없어서 잃어버린 적이 한두 번이 아니니까요.
밖에서 잃어버리고 들어와서는 잃어버린 줄 모른 적도 있습니다.
다음 날 비가 와서 우산을 찾자 엄마가 알려주었습니다.
"너 어제 우산 갖고 나갔다가 안 가지고 들어왔어.
우산 없다. 어떡하나?"

그렇다고 이런 하늘을 두 눈으로 멀쩡히 보아놓고도
과감하게 우산을 갖고 나가지 않는다면, 낭패를 볼 수 있습니다.
길 한복판에서 와르르 쏟아지는 비를 맞으면
봉변이 따로 없을 것입니다.

그런 날이 있었습니다. 길 가다 소나기를 만난 적이 있습니다.
일단 뛰어서 가까운 빌딩이나 카페로 들어갔습니다.
머리에서 얼굴로 뚝뚝 떨어지는 빗물을 닦으며 창밖을 보노라면
그 순간에 가장 부러운 사람은 우산 쓴 사람이었습니다.

우산 하나만 있으면 비를 맞지 않을 텐데…
살이 부러져 찌그러진 우산이라도 괜찮은데…

아무리 하늘이 크고 넓어도, 우산 하나면 충분합니다.
큰 우산도 필요치 않습니다.
그저 비를 피할 수 있을 정도면 족합니다.

일생을 사는 동안 필요한 것이 참 많습니다.
재능, 실력, 노력, 사랑, 우정, 그리고 돈.
그것들이 얼마나 필요하냐면
더도 덜도 바라지 않고 딱 이 정도입니다.

평소에는 없어도 불편함을 느끼지 못하지만,
비가 내리는 날, 온몸이 비에 젖어 서러워지지 않을 만큼의
작은 우산 정도.

그러나 이따금 아득해지는 것은
그 작은 우산 하나조차 갖기 힘들어서
비를 맞으며 거리를 헤매거나,
남의 집 처마 밑에 우두커니 서서
비가 그치기를 기다릴 때가 많다는 것.*

내게 재능이 있을까

:
.

졸업을 앞둔 대학생이 진로 상담을 해왔습니다.
"저는 작가가 되고 싶어요.
그런데 제게 작가로서의 재능이 있을까요?"

난들 알까요. 그래서 언젠가 다섯 살짜리 아이 엄마가
"우리 아이가 음악에 소질이 있을까?"
물었을 때 한 말과 똑같이 답해줄 수밖에 없었습니다.

"일단 해봐."

많은 사람이 재능을 무슨 숨겨진 보물이나
비밀처럼 생각하지만 작가 헨리 밀러가 말했습니다.

"비밀 같은 건 없어. 진실만 있지."
재능이 있다 혹은 없다로 판명 나는
진실을 말하는 것이 아닙니다.
끈질기게 노력하지 않으면, 그것을 매일 반복하지 않으면
아무것도 되지 않는다는 진실입니다.

이 진실을 깨우치고 나면 재능의 정의가 좀 달라집니다.
하늘이 준 특별한 선물 같은 것으로 여겼다면
꼭 하고 싶은 것, 매일 하고 싶은 것,
죽을 때까지 그러고 싶은 것으로 바뀝니다.
그리고 하나 덧붙이면
세상에 자신을 가장 잘 표현할 수 있는 방법이라는 믿음입니다.

언젠가 한 교육전문가가 하는 말을 듣고 무릎을 탁 쳤습니다.

"많은 학부모가 자신의 자녀는 머리는 좋은데
공부를 안 해서 못한다고 착각한다.
그러나 실제로 머리 좋은 학생은 극소수에 불과하다.
게다가 그 머리 좋은 학생들이 모두 공부를 잘하는 것도 아니다."

재능도 비슷하지 않을까요.

그러니 진로를 앞에 두고 진지하게 고민해야 할 점은

재능이 있느냐, 없느냐. 할 수 있느냐, 없느냐보다

꼭 하고 싶은가, 아닌가. 안 하면, 평생 후회할 것 같은가이며

결국은 그 말이 그 말입니다.

꼭 하고 싶다는 것이 재능이 있다는 뜻이고,

안 하면 평생 후회할 것 같은 심정이 해낼 수 있다는 뜻입니다.*

혼자 떠나는 여행

:
:

올해 성인이 된 아들이 부모에게 가장 많이 하는 말은
"상관하지 마세요"였습니다.

여름방학이 되자 엄마는 오랫동안 구상한 일을
마침내 실천했습니다.
아들에게 최소한의 경비만 줘서 배낭여행을 보냈습니다.
최소한의 경비란 제대로 된 데서 자면, 제대로 먹을 수 없고
제대로 먹으면, 제대로 된 데서 잘 수 없는 기준에 의해서였습니다.
만약에 어느 하루, 제대로 먹고 잔다면
다음 날은 걸어서 다녀야 할 것입니다.
아들이 "어떻게 이 돈으로 여행을 하느냐?"고 했을 때
엄마는 "상관하지 않을 테니까 네가 알아서 하라"고 했습니다.

그래도 아들 걱정스러운 마음에 침낭과 코펠을 함께 싸주었습니다.
절대로 돈을 더 쥐여주지는 않았습니다.

약 한 달간의 배낭여행을 마치고 아들이 돌아왔습니다.
새까맣게 그을렸고, 살짝 여위었습니다.
처음에 소감을 물었을 때는 피곤하고 배고프다고 했습니다.
다음 날 다시 물었을 때는 절대로 두 번 다시
그런 고생을 하고 싶지 않다고 했습니다.
그게 다였습니다.

그러나 세월이 좀 더 흐르면, 아들은 깨달은 것입니다.
낯선 길을 돈도 없이, 친구도 없이
철저히 혼자 헤매고 다닌 그 여행이
인생의 축소판이라는 사실을….

어떤 경로로 어디를 가야 할지 선택하는 것은 오롯이 자신의 몫.
결과가 즐거움이든 괴로움이든, 모두 자신에게 돌아갑니다.
제대로 된 음식과 제대로 된 잠자리 중 한 가지를 선택하면서
때로 아무리 원해도 포기해야 하는 것이 있다는 사실을 깨우치고
이처럼 불우한 자신에게 친절을 베푼 사람을 만나면
평생 잊을 수 없을 것입니다.

무엇보다 홀로 가는 여행길이라 외로워서 많이 외로워서
자기 자신과 많은 대화를 나누고
끊임없는 질문과 답을 주고받는 동안
껍질 벗은 마음의 소리에 귀를 기울일 줄 알게 될 것입니다.
그 마음의 소리를 따라 선택하고 결정한 진심의 길,
나의 길이 만들어지기 시작합니다.*

어떻게 살고 싶냐고요?

:
:

옆에서 지켜보기에 그는
최소 세 사람 몫의 인생을 사는 것 같아 보입니다.
강단에 서면서 일 년에 두 권 이상의 책을 꾸준히 발간하고
지난 여름방학엔 자녀들과 함께 백두대간을 종주했다고 합니다.
자신을 필요로 하는 사회참여 활동에도
뒤로 빼는 법 없이 적극적으로 나섭니다.
그 덕에 늘 만성피로의 그늘이 얼굴에 드리워 있기는 하지만
자신의 에너지를 매일 아낌없이 소진하는 그의 삶은
볼 때마다 칭찬이 절로 나왔습니다.

하루는 농담 삼아 말했습니다.

"저처럼 잘 거 다 자고, 먹을 거 다 먹고, 놀 거 다 노는 사람은
절대 당신처럼 잘 살지 못할 거예요."
이 말에 대한 그의 반응이 참으로 의외였습니다.

"잘 거 다 자고, 먹을 거 다 먹고, 놀 거 다 노세요.
그게 잘 사는 거예요."

순간적으로 당황했습니다.
농담을 진담으로 받았을까, 진담을 농담으로 받았을까,
아니면 우리 둘 다 얼떨결에 진담을 주고받았을까?

간단한 대화였지만, 품은 뜻이 단순치 않았습니다.
특히 그 말을 하던 그의 눈빛과 입가의 잔잔한 미소가
더욱 그러했습니다.

집으로 돌아와 몇 번이나 그 대화를 반복해서 생각했습니다.
서로 '잘 산다'는 기준을 달리 두고 말했다는 사실을 알아차렸습니다.
한쪽은 '무엇'에, 다른 한쪽은 '어떻게'에 '잘 산다'의 기준을 두었습니다.
그의 말이 나의 '잘 산다'는 기준에 대한 반박이었음을 이해했습니다.

사람들은 저마다 남들이 모르는 책임과 의무를 짊어지고 있어서

마치 부채를 갚듯 해낼 뿐,
만약 나에게 주어진 책임이나 의무가 없다면
나도 지금과는 다르게 살았을 거예요, 라는 말을
그는 무언중에 했던 것 같습니다.
그러니 그는 아무래도 잘 살고 있는 것 같습니다.
온 힘을 다해 자신에게 주어진 책임과 의무를
지켜내고 있다는 뜻이니까요.

가정에서, 직장에서, 사회에서 자신에게 주어진
책임과 의무를 회피하지 않고 최선을 다하기.
다들 그렇게 하며 사는 것 같아도, 그러는 척만 할 뿐
실제로는 그렇게 살지 않는 사람이 꽤 많습니다.

그래서 아무리 생각해도
그는 역시 잘 사는 사람입니다. *

함께 살고 싶을 때마다,
함께 살고 싶지 않을 때마다

오래전, 초등학교 3학년 자연 시간에 있던 일입니다.
선생님이 질문했습니다.

"추운 겨울에 친구가 집에 놀러왔어. 나는 집에 있어서 따뜻한데,
친구는 추워서 떨고 있는 거야. 그래서 친구를 꼭 안아주었어.
그러면 두 사람의 체온은 몇 도가 될까?"

한 학생이 손을 번쩍 들고 대답했습니다.
"친구는 따뜻해지는데, 나는 체온을 뺏겨서 추워져요!"

듣고 보니 그 말이 맞을 것 같았습니다.
선생님이 말씀하셨습니다.

"그렇지 않아. 두 사람 모두 똑같이 36.5도가 된다.
둘이 함께 따뜻해지지."
세월이 흐를수록 그 말이 문득문득 떠오를 때가 참 많습니다.

이번에는 고등학교 국어시간에 있던 일입니다.

"구덩이에 사람이 빠졌다. 그 사람을 구하려고 팔을 붙잡았지.
그런데 생각해보자. 밑에서 죽기 살기로 끌어당기는 힘이
세겠느냐, 아니면 위에서 끌어올리는 힘이 세겠느냐?"

한 친구가 시큰둥하게 대답했습니다.
"아무래도 밑에서 끌어당기는 힘이 세겠지요.
죽기 살기로 붙잡을 테니까."

선생님이 말씀하셨습니다.
"세상에 많은 유혹이 그와 같다. 그러니,
밑에서 끌어당기는 힘에 넘어가 같이 빠지지 않으려면
내가 더 힘이 세든지, 그럴 자신이 없다면, 그 손을 놓아라."

알 것도 같고 모를 것도 같아서 금방 잊어버릴 줄 알았습니다.
그런데 세월이 흐를수록

그 오래전의 선생님 말씀이 점점 더 선명해집니다.
함께 살고 싶을 때마다, 함께 살고 싶지 않을 때마다
우리 함께 따뜻해질 수 있을까,
같이 차가운 구덩이에 빠지는 게 아닐까. *

죄의식의 크기

∴
∴

그는 군복무 시절에 있던 일을 생생하게 기억합니다.
아끼던 고향 후배가 같은 내무반 후임으로 들어왔는데
어느 날, 사색이 되어 있었습니다.
지급받은 군화를 잃어버렸다는 것입니다. 큰일이었습니다.
이 위기를 모면할 방법이 한 가지 밖에 없다고 생각했습니다.
바로, 다른 병사의 군화를 훔치는 것이었습니다.

결국 그날 밤, 군화를 제대로 간수하지 못했다는 이유로
혹독한 체벌을 받은 이는 방금 전까지 잘 닦여 멀쩡하게 있던
자신의 군화를 도둑맞은 애꿎은 병사였습니다.
이제 막 고등학교를 졸업한 어린 병사는 끝까지
자신은 군화를 제대로 간수했다며 억울함을 주장해서 더 큰 벌을 받았고,

군화를 훔친 두 사람은 스스로를 속이기 위해
일부러 더 혹독하게 굴었습니다.
가엾은 어린 병사는 끙끙 앓다가 다른 부대로 전출 갔고,
그 후 다시 볼 수 없었습니다.

그는 40년 전 그 일을 생각하면
가슴이 쩡, 하니 갈라지는 것 같다고 했습니다.
그 어린 병사의 두 눈에 가득 찼던 원망과 분노의 눈빛이
아직도 자신을 노려보는 것 같다고 했습니다.
젊은 시절 한순간의 실수가 평생의 죄의식으로 남아버렸습니다.

그 이야기를 들으면서 생각했습니다. 물론 잘못한 일입니다.
그러나 한편으로는 그 시절에 흔히 벌어진 일이기도 합니다.
그런데 어떤 사람은 평생 죄의식을 갖고
또 어떤 사람은 자신이 죄를 지었다는 의식조차 하지 못합니다.
그 차이는 어디에서 올까요?

누군가 말했습니다.
죄의식은 죄의 크기에 비례하는 것이 아니라
죄를 느낄 수 있는 마음의 크기에,
윤리의식의 크기에 비례한다고….

평생 한 번도 죄를 지은 적 없노라 큰소리치는 사람보다

살다가 이따금 죄의식으로

그림자까지 휘청거리는 사람이 차라리 더 희망적입니다.*

불량식품을 먹고 싶은 날

:

엄마한테 혼이 나고 울었습니다.

무엇 때문에 혼이 났는지는 기억나지 않습니다.

뭐, 십중팔구 하지 말라는 걸 했거나

하라는 걸 안 해서였겠지요.

구석에서 슬퍼하며, 과연 우리 엄마가 진짜 엄만가 가짜 엄만가

가짜 엄마라면 진짜 엄마를 찾아 떠나야 하나, 말아야 하나…

이어지는 의문과 갈등, 그리고 돼지저금통이 눈에 들어왔습니다.

두둑해진 주머니에서 동전이 짤랑거리는

소리가 나지 않도록 부여잡고 집에서 나왔습니다.

곧장 학교 앞 구멍가게로 달려갔습니다.

그곳에는 엄마가 절대 먹지 말라고 했던 것들이 있었습니다.

허가되지 않은 원료를 사용하거나 규정 이상의 원료를 넣어 제조한

불, 량, 식, 품.

그래서 지금까지 한 번도 먹지 않았던

쫀드기, 쫄쫄이, 달고나, 별사탕, 왕사탕…

색깔별로 골라 실컷 먹었습니다.

먹고 나니, 우리 엄마가 진짜 엄마 같고

진짜 엄마라면 굳이 떠날 필요가 없다는 결론에 이르렀습니다.

하지 말라는 것을 하고 싶을 때가 있고,

해야 하는 걸 안 하고 싶을 때도 있습니다.

이런 사람에 대한 이해 없이

하지 말라는 금지나, 해야 한다는 명령. 두 가지만으로

사람이 사람을, 조직이 사람을 조종하려고 들 경우

극심한 피로와 함께 일탈의 욕망이 몰려옵니다.

그럴 때 불량식품을 찾습니다.

어린이에게는 쫀드기, 쫄쫄이, 달고나, 별사탕, 왕사탕이고

어른에게는 MSG, 설탕, 나트륨, 지방, 알코올, 니코틴 등입니다.

금기와 명령에 대한 소심한 복수는

불량식품이 맛있는 비결이 됩니다.

단, 식후 30분,

내가 화풀이할 대상이 나 자신한테밖에 없는가 싶어

더 서글퍼질 수 있다는 부작용이 있습니다. *

직장을 옮기고 싶을 때

:
:

어떤 사내가 편의점에서 일하다가 이발관으로 직장을 옮겼습니다.
월급이 5만 원이나 적은 데도 굳이 옮긴 이유가 참 난데없습니다.
순전히 '밥' 때문이라고 합니다.

편의점 사장님은 점심때가 되면
아무 말 없이 혼자 나가서 밥을 먹고 들어왔습니다.
그래서 늘 사내 혼자서 밥을 먹어야 했습니다.
그러던 어느 날 동네 이발관 앞을 지나는 길이었습니다.
편의점하곤 비교가 안 될 정도로 허름했지만,
안에서 이발사와 조수가 보글보글 끓는 김치찌개를 가운데 놓고
우스갯소리를 주거니받거니 하며 함께 밥을 먹고 있었습니다.
그 모습이 참 부러웠습니다. 더 이상 혼자 밥을 먹기 싫었습니다.

일을 하는 이유가 돈을 벌기 위해서이기는 하지만
꼭 '돈' 때문만은 아닙니다.
보람을 얻기 위해서라든지,
꿈을 실현하기 위해서라는 말도 다음이지요.
사람은 누구나 자신의 존재를 인정받고 싶어 하는데
이런 기본적인 욕구를 채울 수 있는 수단은
사회에서 사람들과 함께 일하는 것입니다.
여기서의 인정이란,
어떤 거창한 명예나 부를 의미하는 것이 아니라
고맙다, 수고했다, 잘했다, 같은 인사말로 충분합니다.
그런 소소한 진심과 감사, 칭찬을 들으면서
잘 살고 있음을 실감하고 안도하는 존재가
우리, '사람'이니까요.

우리는 사람으로 살아가기 위해 일을 하고
일을 하는데 스스로가 사람이 아닌 것만 같을 때,
사람 대접을 받지 못할 때 무기력을 느끼고, 피로해지며
꿈에서나마 직장을 옮기고 싶어집니다. *

신발이 발에 맞지 않는다면

⋮

새로 장만한 구두를 신고 거리에 나서니
왠지 발걸음도 당당해지는 것 같습니다.
하지만 얼마 못 가 발뒤꿈치가 쓰라리기 시작했고,
급기야 맨발로 걷고 싶은 심정이 됐습니다.
그렇다고 정말로 신발을 벗어던질 수는 없는 노릇,
마침, 구둣가게가 보였습니다.
새 구두를 또 살까, 말까 갈등하던 중 불현듯
어디선가 들은 서양 속담이 떠올랐습니다.

"자기 발에 맞으면 그 신발을 신어라.
하지만 발에 맞지 않으면 미련을 두지 말고 버려라."

너무나 싫어하는 일에 발목이 잡히거나,
날마다 자신이 원하지 않는 역할을 해야 하는 것이
맞지 않는 신발을 신고 딱딱한 아스팔트길을
하염없이 걷는 것과 비슷합니다.
물론, 세상에는 끝까지 참고 견뎌서
발을 신발에 맞추는 사람도 적지 않다는 사실을
잘 알고 있습니다.
어리석거나 미련해서가 아니라,
그 상황에서 그것이 최선이기 때문입니다.

그럼에도 불구하고, 맞지 않는 신발을 신고 가는 이 길이
아프고 눈물겨운 것은 어쩔 수가 없습니다.
내가 머무를 자리가 아니라면
떠날 수 있는 용기를 발휘하는 것도 좋겠습니다.

그러나 다른 정답도 있습니다. 티베트의 한 스님이 말했습니다.

"온 세계를 소가죽으로 덮는다면 우리는 신발 없이
맨발로 걸어 다닐 수 있을 것이다. 그러나 그것은 불가능한 일.
하지만 우리가 발에 소가죽 신발을 신는다면,
그것은 온 세계를 가죽으로 덮는 것과 같은 것이다."

삶을 바꾸고 싶은데 내가 놓인 외적인 상황을 바꿀 수 없다면
삶에 대한 태도를 바꾸는 것도 현명합니다.
심지어 우화에 나오는 여우처럼
"저건 맛없는 신포도야~" 하는 것도
정신건강을 위해서 나쁘지 않습니다.
적어도 불평불만만 계속하는 것보다 말입니다. *

다시 돌아올 수 없다 해도

휴가철에 놀러온 서울 사람들이 한마디씩 했습니다.

"이렇게 공기 좋은 데서 살면 얼마나 좋아?"

"여기 사람들처럼 욕심 없이 소박하게 살아도 괜찮지 않겠어?"

아버지는 그런 도시 사람들을 보면

영 마땅찮은 듯 돌아서서 혼잣말처럼 중얼거렸습니다.

"염병하네."

소녀 역시 그런 서울 사람들을 이해하기 힘들었습니다.

어디를 봐도 온통 논 아니면 밭, 산뿐인 이곳은 답답했습니다.

아버지는 아버지의 아버지처럼 살았고,

어머니는 어머니의 어머니처럼 살았으며,

동네 사람들 대부분 그런 삶을 당연히 여겼습니다.

언제부터인가 소녀는 속으로 다짐했습니다.
'나는 반드시 이곳에서 벗어날 거야.
보란 듯이 꼭 떠나고야 말 거야.'

벗어나서 어디로? 떠나서 어디로? 는 막연했습니다.
오로지 한 가지만 분명했습니다.
떠. 나. 는. 것.

평균 온도 섭씨 영하 55도, 공기의 주성분은 이산화탄소.
단 한 번도 사람이 가본 적 없는 곳.
당연히 살기에 적합하지 않으며 안전을 보장할 수 없는 곳.
화성에서 살아갈 주민을 뽑는다는
'마스 원(Mars One) 프로젝트' 모집 공고에 세계 각국에서
10만 명이 넘는 지원자가 몰렸습니다.
누구도 경험해본 적 없는 새로운 경험을 할 수 있다는 점만
놓고 보면 그 이상의 지원자가 몰린다고 해도 놀랍지 않습니다.
그러나 이 프로젝트에는 단서가 있습니다.

한번 떠나면 돌아올 수 없으며
그곳에서 남은 생을 보내야 하는 편도 티켓이라는 점입니다.

그런데도 10만 명이 넘는 지원자가 몰린 사실을
어떻게 해석해야 할까요.
지금 이곳을 벗어나는 것이 목적일까요,
아니면 새로운 경험을 하고 싶은 것이 목적일까요?
전자가 이 별에 대한 애증이라면,
후자는 저 별에 대한 설렘입니다.
그리고 애증이든, 설렘이든,
그 대가가 다시는 돌아올 수 없어도 좋을 만큼 커졌을 때,
운명은 그를 새로운 길로 이끕니다.*

내가 틀렸다

:

일본의 전방위 예술가 데라야마 슈지가 쓴
〈나의 이솝〉이라는 시가 있습니다.
이렇게 시작합니다.

초상화 속에
그만 실수로 수염을 그려 넣었으므로
할 수 없이 수염을 기르기로 했다.

초상화를 그리다 실수로 수염을 그렸는데,
초상화와 얼굴이 다르면 더 이상 초상화가 아니지요.
이럴 땐 초상화를 다시 그리면 됩니다.
그런데 잘못 그린 초상화에 내 얼굴을 맞춰

수염을 기르기로 했다고 합니다.

이 이야기를 듣고

세상에! 그림에 얼굴을 맞추다니, 말도 안 돼!

라고 생각한다면, 당연합니다.

우리는 그보다 더 신중하게 생각하고 판단하고 선택하며

지금보다 나은 삶을 살기 위해 노력합니다.

그러나 그 생각과 판단, 선택이 틀린 것이라면요?

생각만 해도 아찔합니다.

그것을 인정하는 순간, 자신의 인생도 잘못된 것이 되니까요.

그래서 원점으로 돌아가야 하니까요.

그렇게 모든 것을 헛수고로 날리느니 차라리

잘못 그린 초상화에 얼굴을 맞춰가는 선택을 합니다.

그렇게 자신의 진짜 모습을 잃어버립니다.

진짜가 아닌 가짜에 맞춰 살아가니 인생이 뒤죽박죽이 됩니다.

더 큰 문제는 자신의 잘못된 선택 방식이

더 이상 통하지 않는 순간이 언젠가는 오고야 만다는 것입니다.

그 순간을 데라야마 슈지는 이렇게 표현했습니다.

불종을 쳤는데도

화재가 발생하지 않을 때가 있었다.

나는 어떻게 해야 할지 알 수 없게 되었다.

인생이 뒤죽박죽인 것 같다면,

그래서 어떻게 해야 할지 알 수 없다면,

아무래도 잘못을 인정하고 스스로 깨져야 할 때인 것 같습니다.

"내가 틀렸다."

온몸을 짓누르는 무게로 반성과 책임을 져야 하는 말이지만

바로 그 순간부터 진짜 인생이,

부서졌기에 빛날 수 있는 찬란한 인생이 시작될 수 있겠지요.

나와 참 많이
다른 사람들

3부

혼자라고 느낄 때

:
:

그 골목길에는 태양이 정오를 가리키는 한낮에도
햇볕이 한줌 정도밖에 들지 않았습니다.
마주 보는 집과 집이 서로의 그늘이 되어
햇볕을 막는 좁은 골목길.
한번 눈이 내리면 쉽게 얼음이 되고
한번 얼면 가장 늦게까지 풀리지 않는 곳.
그 그늘진 곳, 잿빛으로 칙칙했던 시멘트 담장에
빨간 리본 머리핀을 한 소녀가 활짝 웃으며 서 있습니다.

살포시 귀에 대고 있는 종이컵 전화기에서
무슨 재미있는 소리라도 들리는 모양입니다.
종이컵 전화기에 매달린 빨간색 실을 따라가봅니다.

길게 이어지는 빨간색 실 아래로 온통 화사한 꽃 그림입니다.
이쪽 담장을 지나, 짙은 남색 대문을 지나, 저쪽 담장까지….
빨간색 실은 또 다른 종이컵 전화기로 이어져 있고
한 소년이 그 전화기를 손에 들고선 무어라 말하고 있었습니다.
소년의 표정은… 아까 본 소녀의 표정과 꼭 닮았습니다.

어릴 때 처음 종이컵 전화기를 완성한 날,
누구랑 제일 처음 통화를 할까? 들뜨고 설렜습니다.
얼마나 멀리 떨어져도 목소리가 들릴까?
그 신기한 체험을 얼른 함께 나누고, 함께 놀라워하고 싶었습니다.

우연히 들른 식당에서 참 맛있는 음식을 혼자 먹을 때나
바로 눈앞에 벌어진 신기한 일을 혼자 목격할 때
그리고 여행길에 멋진 풍광을 혼자 볼 때면
종이컵 전화기 두 개를 나 혼자 다 들고 있는 기분입니다.
다 가지고 있는데, 어쩐지 다 가진 것 같지가 않습니다.*

사소한 고백

∶

무엇 때문에 그랬는지는 기억나지 않습니다.
엄마가 야단을 치셨는데 고분고분 인정하지 않고 대들었습니다.
화가 난 엄마가 더 크게 야단을 치셨고
달리 대들 방법이 없어서 그냥 집에서 뛰쳐나왔습니다.

해는 저물었고 저녁 날씨는 꽤 쌀쌀했으며 갈 곳도 없었습니다.
동네를 세 바퀴, 네 바퀴 배회하다 옆집 아주머니와 마주쳤습니다.
같이 집에 들어가자고 하셨지만
엄마 심부름 가야 한다고 거짓말했습니다.

배가 고팠습니다. 군고구마 장수가 눈에 들어왔습니다.
얼른 달려가 군고구마 세 개를 샀습니다.

놀이터 그네에 앉아 군고구마의 껍질을 까서

노릇노릇한 속살을 정신없이 베어 먹기 시작했습니다.

마지막 세 개째를 먹을 때쯤입니다.

그림자 하나가 머리 위로 드리워졌습니다.

머리를 들어 쳐다보니,

꽤 근사하게 생긴 또래 남자아이였습니다.

가슴이 두근거렸습니다.

미소년이 입을 열어 말했습니다.

"저기… 나하고 얘기 좀 할래?"

그 순간에 가장 먼저 생각난 것은 먹다 만 군고구마였습니다.

지금은 어두워서 잘 보이지 않지만

밝은 데 가면 입가에 검댕이 묻어 있을지 모를 일입니다.

군고구마를 든 손을 얼른 뒤로 감추고 버럭 소리를 질렀습니다.

"필요 없어! 저리 가!"

소년이 한숨을 푹 내쉬더니 돌아섰습니다.

말하고 싶었습니다.

군고구마만 아니면 너랑 얘기했을 거야.

아무도 모르게 짝사랑하던 선배를
10년 만에 우연히 만났습니다. 그런데 그게 하필이면,
포장마차에서 케첩 잔뜩 친 핫도그를
크게 입 벌려 허겁지겁 먹고 있을 때였습니다.
서너 발걸음 옆에 선배가 있다는 사실을 알고
냅다 도망쳤습니다.
얼마 후, 지인이 물었습니다.

"너, 그 선배를 싫어했었니?"

말하고 싶었습니다.
천만에요. 무슨 그런 말씀을요. 얼마나 보고 싶었는데요.
그동안의 안부도 얼마나 궁금했는데요.
케첩 잔뜩 친 핫도그만 아니었으면
어쩌면 10년 전 일까지 고백했을지 몰라요. *

상상 속의 그 사람

⋮

외국의 한 호텔에 며칠간 묵을 때 일입니다.

첫째 날 아침에는 분주하게 나오느라

팁을 놓고 나오는 것을 잊었습니다.

둘째 날 아침에는 잔돈이 없었습니다.

하는 수 없이 그냥 나오는데,

마침 복도에서 룸메이드와 마주쳤습니다.

웬만하면 가벼운 아침인사라도 먼저 건네줄 법한데

뚱한 표정이었습니다. 괜히 기분이 상했습니다.

'어제 팁을 놓고 나오지 않아서 저러나보다.'

'아무리 그래도 손님한테 친절해야 하는 거 아냐?'

'성격이 좀 그런 모양이네'

동시에 사소하고도 불길한 예감이 뇌리에 스쳤습니다.

'시트에 우유를 엎질렀는데, 갈아주지도 않는 거 아냐?'

그날, 우연찮게 그 나라에서는 굳이
팁을 주지 않아도 된다는 말을 들었습니다.
호텔 방으로 돌아왔을 때, 시트는 새 시트로 바뀌어 있었습니다.

다음 날 아침, 복도에서 다시 룸메이드와 마주쳤습니다.
그녀는 여전히 먼저 인사를 건네지 않았고
변함없이 뚱한 표정이었습니다.
다른 사람들의 시선에 구애받지 않고
오로지 자기 일만 열심히 하는 성실한 타입으로 보였습니다.
먼저 인사를 건넸더니 환하게 웃어줍니다.
수줍음이 많아서 그렇지,
원래는 좋은 사람일 거라고 생각했습니다.

메이드는 전날이나 다음 날이나 똑같았습니다.
이상한 사람도 아니고 사실은 좋은 사람도 아닐지 모릅니다.
그러나 그녀에 대한 느낌이
전날과 다음 날, 이상한 사람과 좋은 사람으로
완전히 달라진 이유가 무엇이었을까요?

전날엔 팁을 줘야 하는데 주지 않은 것에 대한
괜한 가책 때문에,
다음 날엔 팁을 주지 않아도 된다는 데 대한
안도감 때문이었겠지요.
그리고 둘 다 객관적인 사실에 근거하지 않은
순전히 나만의 주관적인 판단 아래 펼쳐진 상상입니다.
그 상상이 그 사람이 아닌 그 사람을 만들어냅니다.

나는 실제 그 사람이 아니라
내 상상 속의 그 사람을 보고 있습니다. *

기억의 오류

:
:

오랜만에 만난 형제 사이에 30년도 더 된
옛날 이야기가 등장했습니다.
무엇 때문에 그 사건이 시작됐는지는 둘 다 기억하지 못했습니다.

형이 먼저 말했습니다.
"하여튼, 너 그때 날 얼마나 화나게 했는지 알아?
날 잔뜩 약 올리고 대청마루 아래로 쏙 들어가더니 나오질 않았잖아.
어찌나 화가 나든지 물 한 바가지를 퍼부어버렸는데… 기억나?"

형은 그때 그 일에 대해서 아직까지 미안해했습니다.
아무리 그래도 물을 퍼부은 것은 심하지 않았나, 하고
내내 마음에 걸렸습니다. 그런데 정작 동생은 고개를 갸웃합니다.

"그랬어? 형이 나 혼내느라 그런 거야?

난 장난으로 그런 줄 알았는데… 그날 되게 더웠잖아.

그래서 형이 나한테 물장난친 줄 알았더니 그게 아니었어?"

형의 기억에 혼란이 왔습니다.

'그게 아니었나? 정말 물장난치다가 그랬나?'

혼란스럽기는 동생도 마찬가지였습니다.

'장난으로 그런 게 아니란 말이야? 근데, 내가 그때 왜 형한테 혼났지?'

두 사람은 분명히 그 일을 함께 똑같이 겪었습니다.

그런데 왜 그렇게 서로의 기억이 다를까요.

사람이 기억을 선택합니다.

어떤 선택을 하느냐는 각자의 삶 스타일에 달려 있지요.

그래서 똑같이 경험했어도

삶의 스타일에 따라 다르게 기억하고,

서로 다른 경험이나 추억으로 남습니다.

참으로 흥미롭게도….*

내가 나를 몰라서

:

아버지와 아들이 거실에서 우연찮게
함께 TV 드라마를 보게 됐습니다.
중년 부부가 나오는 장면인데 남편이란 사람이 이랬습니다.

성실하고 자상한 성격과는 영 거리가 멀고
돈 쓰는 일에는 천부적이지만
돈 버는 일에는 한없이 무능합니다.
하루 종일 허드렛일을 하며 생계를 꾸리는 아내를
살뜰히 아끼기는커녕 온갖 타박에, 구박에
가만히 앉아서 심부름을 시킵니다.

드라마를 보던 아버지가 말합니다.

"저 드라마는 말도 안 된다. 요즘 세상에 저런 남자가 어딨냐?"
아들이 푹! 하고 웃음을 터뜨렸습니다.
드라마 속 남자가 아버지와 똑같았기 때문입니다.
그때 저녁 식사 설거지를 마친 어머니가 소파에 앉았습니다.
아들이 어머니에게 말했습니다.
"과일 좀 주세요."
어머니가 말했습니다.
"너는 어쩜 느이 아버지랑 똑같니?"

그냥 과일만 달라고 했을 뿐인데 그런 말을 듣다니,
아들은 억울했습니다.
결코 닮고 싶지 않은 아버지였기 때문입니다.

정신분석학자 카를 융은 사람의 마음에는
자아와 그림자가 들어 있다고 했습니다.
스스로 좋아하고 인정하는 모습은 자아가 되지만
싫어하고 부인하는 모습은 그림자가 됩니다.
그림자는 억압된 상태로 무의식에 존재하기 때문에
사람들은 자신에게 그림자가 있다는 사실을 알지 못합니다.
그러다 어느 순간 내 그림자가 다른 사람한테 보이면
마음이 불편하고 이유 없이 그 사람이 싫어집니다.

내가 그토록 싫어하는,
인정하고 싶지 않은 다른 사람의 모습은
바로 내 그림자.
너무 꾹꾹 눌러놓은 바람에 있는지도 몰랐던 내 그림자.

내가 나를 안다는 것은
바로 그 그림자까지 다 아는 것입니다.
자기 안의 그림자를 아는 사람과 그러지 못한 사람이
타인을 바라보는 눈은 다를 수밖에 없습니다.
그 사람이 왜 싫은지, 왜 인정하고 싶지 않은지
정작 그 원인은 그 사람한테가 아니라
나한테 있을지 모릅니다.

내가 나를 몰라서….*

진심을 안다는 것은

:
:

눈보다 커다란 다이아몬드가 박혀 있는 목걸이를
선물로 받았습니다. 예뻐서 맘에 들었지만,
아무렇게나 다뤘고, 아무 데나 놓았고, 아무 때나 걸었습니다.
설마, 진짜일 리 없었으니까요.
준 사람이 진짜 다이아몬드를 줄 수 있을 만큼 부자도 아닐뿐더러
스스로 진짜 다이아몬드를 받을 자격이 있다고 생각하지 않았습니다.

언제인지 모르게 그 목걸이를 잃어버렸습니다.
그리고 잊어버렸습니다.
그까짓 가짜 목걸이 같은 거… 굳이 갖고 싶으면
비슷하게 생긴 또 다른 가짜를 사면 된다고 생각했습니다.
그렇게 쉽고, 간단하게 생각했습니다.

그 눈보다 커다란 다이아몬드가 가짜가 아니라
진짜라는 사실을 알기 전까진.

'진심'이 그런 다이아몬드와 비슷합니다.
진심을 알아볼 자신이 없어지면서부터 하는 생각입니다.
진심은 언젠가 통하기 마련이라고 사람들은 말하지만
진심을 알기가 쉽지 않습니다.
세상에는 가짜가 더 많은 법이라는 불신이 뿌리 깊고
주는 사람의 형편이나 조건을 미루어 나에 대한 마음을 짐작하며
여기에 스스로의 자격지심이 한몫 거듭니다.

그리하여
진짜를 받아놓고도 진짜인 줄 모르고 가짜 다루듯이 하고
가짜를 받아놓고 진짜인 양 감동하며 고마워합니다.
오로지 마음 하나,
그 마음을 알아보는 심미안이 참 형편없습니다.

그 사람, 어떤 사람일까?

:
:

서로 호감을 가지고 있느냐와 별개로
만남이 탐색전 같을 때가 있습니다.
착하고 좋은 사람인지, 진실하고 믿을 만한 사람인지,
성실하고 똑똑한 사람인지, 그렇지 않은지….
결정적으로, 내 인생에 도움이 될 사람인지, 아닌지.
자신의 눈을 믿지 못해 다른 사람에게
그가 어떤 사람인 거 같으냐며 조언을 청하기도 합니다.
그 조언이 도움이 될 때도 있고, 더 헷갈릴 때도 있습니다.
이럴 때, 어머니가 말씀하셨습니다.

"난 느이 아버지랑 평생을 살아도 모르겠더라.
사람 속을 어떻게 다 알 수 있겠니? 말도 안 된다."

그 사람에 대해 알려고 하면 할수록
현미경을 들이대고 보는 것과 비슷한 현상이 생길 수 있습니다.
하얀 눈을 현미경으로 확대해서 자세히 보니까
그것이 대체 무엇인지 더 알 수 없게 되는 것처럼요.
한 번도 눈을 본 적 없는 사람에게
현미경으로 확대한 눈의 결정체 모습을 아무리 보여준들
겨울에 내리는 하얗고 차가운 것이 이것인지 알아차릴 수 있을까요.

그 사람이 어떤 사람인지는 그다지 중요하지 않습니다.
나에게 어떤 사람인지가 중요합니다.
다른 사람의 평가나 객관적인 조건이 아니라
스스로의 직관과 신뢰가 중요합니다.
관계란, 새롭게 열리는 또 다른 세상이고
그 세상에선 서로의 신뢰와 감정이 밑거름입니다.

물론, 그렇게 시작된 세상이 모두
해피엔딩을 맞는다고 장담할 순 없습니다.
비록 그럴지라도 한 번도 그런 세상에 살아본 적이 없다면
그것이 더 가난한 인생이 아닐까요.

내가 누군가를 비추는 거울이라면

꼼꼼히 책을 읽었고, 열심히 독후감을 썼습니다.
이 정도면 칭찬받을 수 있겠다는 기대도 없지 않았습니다.
그런데 교수님이 다른 학생들 앞에서 이름을 부르시더니
청천벽력 같은 말씀을 하십니다.
"자네는 책을 읽지 않았구먼!"

억울했습니다. 읽었다고 항변했으나 소용없었습니다.
남들이 뭐라고 하건 스스로 떳떳하면 된다는 말은
아무런 위로도 되지 못했습니다.
내가 아무리 스스로에게 떳떳하다 한들,
교수님과 학생들에게 불성실한 거짓말쟁이가 돼버렸습니다.

스스로 진실하고 당당하면 된다는 말이 무색할 때가 있습니다.
내가 공들여 만든 음식을 다른 사람이 맛있게 먹어주지 않을 때
"그래도 나는 열심히 요리했어."
스스로를 위로하긴 힘든 일입니다.
나름대로 예쁘게 화장하고 나갔는데
오히려 이상하다는 말을 들을 때
"그래도 나는 예뻐."
우길 수는 없는 노릇입니다.

우리가 그렇게나 타인이 자신을 어떻게 보는지 신경 쓰는 이유는
그들이 나를 비추는 거울이기 때문입니다.
사람은 오로지 거울을 통해서만 자신의 모습을 볼 수 있는데
이 거울 역할을 해주는 사람들이
어려서는 부모, 학창 시절에는 친구들, 회사에서는 동료들
그리고 결혼해서는 배우자와 자녀들입니다.

거울에 비친 자신의 모습이 형편없다면 실제 모습이 어떻든
패배의식과 열등감에 사로잡히기 쉽습니다.
반대로 거울 역할을 하는 사람들이
애정과 신뢰, 격려를 아끼지 않는다면
실제 모습이 다소 부족해도 나는 괜찮은 사람이라고,

무얼 해도 잘할 수 있다는 자신감을 얻을 수 있습니다.
그리고 삶의 연륜이 더해지면
그 모든 것이 '허상'에 불과하다는 사실을 깨닫게 되지요.
그때까지는 우리,
누군가의 거울 역할을 잘 해주어야 합니다.

내게 다가와 자신의 모습을 비추는
아직 어린 그들에게
나는 제대로 거울 역할을 하고 있을까요. *

어이없을 때

:
:

한 치 앞을 알 수 없는 것이 인생이라고 합니다.
한 치는 불과 3cm,
벚꽃이 떨어지는 속도가 초속 5cm이고 보면,
벚꽃이 지는 속도만큼의 잠시 후도 알 수 없다는 뜻입니다.
아무리 그렇더라도 너무 예측 밖이라 어이없을 때가 있는데,
예를 들어 이런 경우입니다.

엘리베이터에 타려는데
먼저 탄 사람이 열림 버튼을 눌러주지 않아서
엘리베이터 문 사이에 낄 때,
유리문을 열고 나가는데
먼저 나간 사람이 문 잡아줄 줄 알고 잡지 않았다가

닫히는 문에 얼굴이 부딪혀 코가 깨질 뻔할 때,
음식점에 함께 간 사람이
멀리 있는 양념을 가지고 오기에 다음 순서 기다렸더니
자기 음식에만 날름 치고 다시 제자리에 갖다놓을 때,
가게에서 물건 사고 동전 거슬러 받으려고 손 내밀었는데
쫘르르 바닥에다 흐트러뜨려 건네줄 때.
타이밍 놓치면 내미는 손이 민망해지고
왜 그랬냐며 대놓고 상대방 탓하기도 뭣한 상황.

자신이 보고 싶다고 생각하는 현실만 보는 사람들이
쉽게 저지르는 실수가 있습니다.
사람들이 생각하는 것은 대부분 비슷하고
상대방도 나처럼 생각하고 행동하려니 믿는 것.
그랬다가 뒤통수 맞고 새삼스럽게 깨닫곤 하지요.

'세상에는 나하고 다른 사람들이 참 많구나.' *

별것도 아닌데

:

출근할 때는 분명히 멀쩡했는데
퇴근할 때 보니 자동차 범퍼가 찌그러져 있습니다.
〈죄송합니다. 연락주세요. 전화번호 010-0000-0000〉

뭐 이런 쪽지가 있겠지 싶어
자동차의 앞과 옆 유리창을 두리번거렸지만,
어디에서도 찾을 수 없었습니다.
사실은…
"이 정도야 뭐 괜찮습니다" 할 수 있었습니다.

그러나 사과 한마디 없는 것이 괘씸해 CC-TV를 조회했습니다.
같은 회사 사람이니 쉽게 알아볼 수 있었습니다.

전화를 걸어 사건의 전후 사정을 물으니
곧바로 돌아온 말이 이렇습니다.
"서로 모르는 사이도 아니고, 별것도 아닌데, 그냥 넘어가지."

정말로 그냥 넘어갈 수 있었습니다.
미안하다는 말 한마디만 했더라면.
그러나 '별것도 아닌데'라는 말에 기분이 상하고 말았습니다.
졸지에 '별것도 아닌 일에 쉽게 마음 상하는 속 좁은 사람'이
돼버렸기 때문입니다.

1969년, 엘살바도르와 온두라스가
나흘 동안 전쟁을 벌였습니다.
무려 4천 명이 사망했고, 농민 30만 명이 삶의 터전을 잃어버려
도시 빈민으로 추락했습니다.
그 참혹한 전쟁의 원인은 축구 경기 때문이었습니다.
이 이야기를 들으면 사람들이
세상에! 별것도 아닌 걸로 전쟁까지 벌이다니,
어처구니없어할지 모르겠습니다.
그러나 오죽하면 축구 때문에 전쟁을 벌였을까요.
그런 참극이 벌어지기까지 쌓인 감정의 골이 깊었을 것입니다.
축구 경기라는 정황은 단지 계기가 됐을 뿐이지요.

'별것'과 '별것 아닌 것'의 기준은 지극히 상대적이며
무엇보다 감정의 이입과 관련이 있습니다.
그런데도 정황만 파악하고
'별것도 아닌 걸로 그런다'고 말한다면
우리는 그런 사람을 '답답하다'고 하고
정황뿐 아니라 감정까지 잘 읽어낼 줄 아는 사람을
'통한다'고 합니다. *

사람들 앞에서 넘어졌다면

:
:

혼자가 아니라 여럿이 '함께'였습니다.
2층 계단에서 내려오다가 그만 발을 헛디뎠습니다.
사람이 생의 마지막 순간을 맞으면
지나온 삶이 파노라마처럼 펼쳐진다는데,
몸이 허공을 날고 가속도가 붙어 계단을 구르는
그 짧은 순간이 그랬습니다.
그때 제일 많이 한 생각은

'설마 누가 붙잡아주겠지',
'아직 아무도 안 잡아주는 거야?'

사람들 앞에서 넘어지면 창피해서 아픈 줄 모른다고 하던데 너무 아파 창피한 줄도 몰랐습니다.
함께 있던 사람들에게 눈을 흘기며
왜 붙잡아주지 않았냐고 원망했더니
누구는 '설마 그렇게 쉽게 넘어질 줄 몰랐다'고 하고
누구는 '잡으려고 했는데, 순식간에 일어난 일'이라고 합니다.

혹시 몰라 넘어질 때를 대비해 곁에 사람을 둔다 해도,
넘어질 때는 언제나 혼자입니다.
내 본성에 걸려 넘어지고,
다른 사람한테 차여 넘어지고,
희망을 헛디뎌 넘어집니다.

그러나 넘어지면서 배웁니다.
많이 넘어질수록 더 빨리 배웁니다.
그러니 일어서도 또 넘어질 거라는 유혹 따위에
쉽게 넘어가지 말고,
자신을 넘어지게 한 것에 대해서
어물쩍 넘어가지 말고,
넘어진 곳을 단호하게 짚고 넘어서야 합니다.

그리고 보는 사람이 많을 땐

아무렇지 않은 듯 툭툭 털고 일어서는 것이 좋겠지만

많이 아프면

남의 눈보다 자신의 상처를 돌보는 데 더 신경 쏠 일입니다. *

먼저 등을 보여야 할 때

.
.
.

동네를 거닐다 어슬렁거리는 개 한 마리와 딱 마주쳤습니다.
귀여운 강아지가 아니라 덩치가 산만 한 시커먼 사냥개입니다.
맹견에 목줄을 매지 않으면 범칙금이 백만 원 이하라는데,
아무런 안전장구도 착용하지 않고 집 나온 이 개는
대체 뉘 집 개일까요?

아무에게도 물을 수 없었습니다.
입도 발도 딱 얼어붙어 떨어지지 않았으니까요.
지극한 무서움을 느낄 때 이렇게 되고 마는 건
죽은 체해야 살 수 있다는 본능의 가르침일까요.

개가 송곳니를 드러내며 큰 소리로 '커엉!' 짖습니다.

그 순간! 곰을 만났을 때 대처하는 법이 떠올랐습니다.
가장 중요한 점은 등을 보이지 않는 것이라고 했습니다.
강한 자에게 약하고, 약한 것에 강한 동물의 세계에서는
등을 보이면 약체로 얕잡아보고 달려든다 했습니다.
양손으로 코트 깃을 붙잡아 크게 펼쳐 몸집을 부풀리고
개를 무섭게 노려보면서 천천히 뒷걸음질을 쳤습니다.

눈이 안 달린 등은 허점입니다.
상대에게 공격 지점이 될 수 있다는 뜻입니다.
그래서 먼저 등을 보이면 진다고 말하지만
우리가 상대하는 것은
어떤 상황이나 사람이지 곰이나 개가 아닙니다.
때로 등을 돌려 다른 곳을 보는 것이 현명할 수 있습니다.

등을 보이는 것은,
지는 게 아니라 보는 방향을 달리하는 것입니다.
내가 봤을 때 상대가 부끄러워하거나 난처할 일이라면,
슬그머니 보는 방향을 돌려 먼저 등을 보여주면 좋겠습니다.
세월이 흐르면 함께 웃을 수 있는 추억거리가 될 것입니다.*

우리가 멀어졌다고 느낄 때

:
:

짧은 여행길에 만난 풍경을 휴대전화 사진으로 찍어 보내주었습니다.
설레는 마음으로 보냈건만 아무런 반응이 없습니다.
얼마 전까지만 해도 "와~ 좋다!", "정말 멋지다", "고마워"
바로 옆에 있는 것처럼 공감해주던 사이입니다.
다음 날도 감감무소식이라 이번엔 직접 전화를 걸었습니다.
받지 않았습니다. 익숙한 목소리 대신 신호음만 길게 이어졌습니다.
그 막막한 신호음을 듣고 있자니 지금까지 알던 사람에게가 아니라
미지의 우주에 전화를 걸고 있는 것 같았습니다.

이틀이 지나도 묵묵부답이었습니다.
사흘이 지나서는 다른 사람을 통해 안부를 알아봤습니다.
별일 없다는 이야기를 전해 들었습니다.

그래서 더 이상 기다리지 않기로 했습니다.
불과 며칠 전까지만 해도 친하다고 믿었던 사이인데
이제 보니 그것도 아닌 모양입니다.

어쩌면 아무런 이유도 없는 것이 아닐지 모릅니다.
혹은 잠시 그랬다가 다시 가까워질지도 모르지요.
그런데도 이유에 대해서 묻지 않는 까닭은
어떤 답을 들어도 두렵기 때문이고
먼저 다가가지 않는 까닭은
다가가는 만큼 뒤로 물러설까봐 두려워섭니다.

공존에는 공감이 필요한데
서로에 대해서 더 이상 공감할 수 없을 때
우리는 멀어졌다고 느낍니다.
그렇게 우리가 멀어졌다고 느낄 때
우리는 처음 만난 사이보다
더 알 수 없는 사이가 되어버립니다. *

말할 수 없는 비밀

:
:

태어나 처음으로 사귄 친구가 있습니다.
솜사탕처럼 가벼웠던 그 시절 내내 단짝이었고, 짝꿍이었던 친구.
그러나 초등학교 졸업식을 끝으로 더는 만날 수 없었습니다.

서로 다른 중학교로 진학해서가 아니었습니다.
졸업식 다음 날, 친구 집에 전화를 걸었을 때
전화번호가 바뀌었다는 사실을 알았고,
먼저 전화를 걸어 바뀐 전화번호를 알려줄 줄 알았던 친구는
더 이상 전화를 걸어오지 않았습니다.
버림받은 것 같아 울적했습니다.

그즈음, 아버지가 비밀을 폭로하셨습니다.

"너, 그 친구가 입양아라는 사실을 알고 있었니?"

금시초문이었습니다.
졸업식 날 아버지가 우연히 직장 동료를 만났다고 합니다.
알고 보니 친구의 아버지였고
그가 딸을 입양했다는 사실을
아버지는 예전에 들어 알고 있었습니다.
아버지가 말씀하셨습니다.
"너와 떼어놓아서라도 딸의 비밀을 지켜주고 싶었던 모양이다."

가끔 생각합니다.
만약에 그 비밀을 공유할 수 있었다면
우리는 계속 함께할 수 있었을까?
그러나 몇 번을 다시 생각해도 자신 없는 질문,
나라면 과연 비밀을 털어놓을 수 있었을까?

살면서 몇 번쯤은 선택의 기로에 놓입니다.
비밀을 털어놓아야 할지, 말아야 할지.
그리고 또 몇 번쯤은 상대방의 눈을 바라보며 생각합니다.
당신에게도 비밀이 있을까?

비밀이란, 말할 수 없는 상처,
말할 수 없는 사랑, 말할 수 없는 꿈.
그 '말할 수 없음' 이라는 태생적인 한계로
비밀은 더욱 어두워지고,
비밀을 간직한 사람은 외로워집니다. *

익숙한 풍경이 낯설게 느껴질 때

매일 봐서 마치 내 눈과 같았던 풍경이

처음 보는 낯선 이물질처럼 아득하게 느껴질 때가 있습니다.

곤하게 낮잠을 자다 번개를 맞은 것처럼 깨어날 때가 그렇습니다.

어린 시절, 어느 여름이었습니다.

배부르게 점심을 먹고 나니 정신없이 졸음이 쏟아졌습니다.

너도 나도 다 같은 마음이라, 식구들 모두

마루에 나란히 누워 낮잠을 청했습니다.

얼마나 시간이 흘렀을까… 저절로 눈이 반짝 떠졌습니다.

그런데 함께 누웠던 식구들이 보이지 않았습니다.

이것이 꿈인지 생신지, 이곳이 우리 집인지 남의 집인지

혼란스러워서 누구를 부를 엄두조차 나지 않았습니다.

정신을 차린 후엔 아무리 목청껏 불러도
아무런 대답도 들려오지 않았습니다.
한여름이 무색할 정도로 서늘한 적막감이 밀려왔습니다.
집 안이 낯선 우주처럼 무한 확장되면서
나라는 존재쯤은
그저 작은 점 하나로 찍히고 마는 것 같았습니다.

사람과 풍경을 떼어놓고 생각했습니다.
그러나 아무리 늘 보던 풍경이라도
그 안에 늘 보던 사람이 없으면
새삼스레 낯선 풍경이 되고 맙니다.
적막강산처럼 되어버릴 수도 있습니다.

매일 오가는 거리,
그 거리가 난데없이 생경했던 이유가
늘 함께 있던 사람이 없기 때문이라는 사실을
뒤늦게 알아차렸습니다.

내일부터는 아무래도
다른 길로 돌아가야 할 것 같습니다.*

나만의 아지트

:

"내 방에 독서실 책상을 놓을 거야."

그 말을 들었을 때 농담인 줄 알았습니다.

그냥 책상도 아니고, 독서실 책상이라니!

대입이나 취업 시험을 다시 치를 것도 아니면서

양쪽에 높이 칸막이가 쳐진 그 답답한 책상이

왜 필요할까 싶었습니다. 그런데 기어코 방 한구석에

독서실 책상을 들여놓더니 선언합니다.

"지금부터 여기가 내 아지트야.

내가 여기 있는 동안엔 아무도 날 건드리지 않기야!"

양쪽 칸막이 사이에 달린 커튼을 치고는 속으로 들어가버립니다.

그는 그렇게 여기에서 사라져 아지트로 가버렸습니다.
아지트는 자고로,
비합법적인 활동을 하거나 도모하는 장소입니다.
그는 대체 그곳에서 무얼 하고 싶은 걸까요.

남편도 아니고, 아빠도 아니고, 나이고 싶을 때가 있고
아내도, 엄마도 아닌 나이고 싶을 때가 있습니다.
그러나 그런 바람 자체가
비합법적인 활동이라도 도모하는 것 같아
선뜻 감행하지 못합니다.

그래도 만약에 나만의 아지트가 있다면
그런 곳이 내게 있다는 사실만으로 숨통이 트일 것 같습니다.
하고 싶은 것만 하거나,
아무것도 하지 않아도 좋은 곳이라니
얼마나 기쁘고 평화로운 곳인가요.

누구에게나 자기만의 아지트가 필요합니다.
일부러 돈을 들이거나 군이 멀리 가지 않아도 되지요.
공원의 벤치, 뒷산 숲 속, 도서관 창가 같은 곳도
아지트 삼기에 좋은 곳입니다.

그곳에서 우리는…
제각각 돌아다니던 몸과 마음과 영혼이 만나
하나가 되어 서로 꼭 끌어안는 걸 느낍니다.
비로소 내가 나입니다.
세상이, 사람들이, 전보다 한결 고와보입니다.
다시 최선을 다하고 싶어집니다.

이제, 아지트에서 나올 때입니다. *

나누지 못하면

⋮

길거리에서 비스킷을 먹다가 한 개가 바닥에 떨어졌습니다.
비둘기 두 마리가 쏜살같이 날아와 쪼아댑니다.
그러나 커다란 비스킷은 쉽게 부서지지 않았고,
비둘기의 힘으로 먹기 쉽지 않아 보였습니다.

'어차피 내가 먹을 수 없는 거, 너희들 실컷 먹거라' 하면서
비스킷을 발로 밟아 잘게 부셨습니다.
이렇게 해주면 사이좋게 나눠 먹을 줄 알았습니다.
그런데 이게 웬일일까요.

두 마리 중 조금 더 덩치 큰 비둘기가
비스킷 부스러기 위에 턱 버티고 서버립니다.

덩치 작은 비둘기가 먹을라치면 홰를 쳐댑니다.

살벌합니다.

일을 벌인 당사자로서 이 사태를 그냥 보아 넘길 수 없었습니다.

'내가 먹을 순 없지만 그렇다고 너만 먹게 내버려둘 순 없어!' 하며

작은 비둘기도 한쪽에서 먹을 수 있게

두 발을 동원해 바닥의 과자를 넓게 흩어놨습니다.

그러자 큰 비둘기가 아까보다 날개를 더 크게 펴고

후다닥후다닥 왔다갔다 하면서

작은 비둘기가 이쪽도, 저쪽도 다 못 먹게 방해합니다.

그렇게 두 마리가 쫓고 쫓기는 사이,

어디선가 홀연히 제3의 비둘기가 날아왔습니다.

맘 놓고 다 먹어치운 건 그 녀석이었습니다.

나눠서 내 것이 적어지는 것이 아닙니다.

나누지 않아서 내 것도 적어집니다.

나누지 않으면

이루어질 수 없는 꿈이 있습니다.

나누지 않으면

도둑맞는 꿈이 있습니다. *

소심해서
그렇습니다

4부

사랑에 대한 환상

:
:

남자 동창생이 어릴 적에 벌레 먹은 사과를 먹다가
불현듯 이런 생각을 했다고 합니다.
'여자는 예쁜 것만 먹고 살 거야.
과일도 예쁜 것만 먹고, 이렇게 벌레 먹은 과일은
절대 먹지 않을 거야. 그러니까 저렇게 예쁘지.'
어떻게 그런 대단한 착각을 할 수 있느냐고 했더니,
"자라면서 여자라고는 어머니밖에 겪어본 적이 없어서"
라고 했습니다.

예쁜 것만 먹고, 예쁜 말만 하고, 예쁜 짓만 하는 여자라…
괜히 미안했습니다. 그러나 여자라고 남자에 대해서
그런 환상을 품어본 적 없을까요.

여자는 다 그렇게 예쁘고, 남자는 다 그렇게 멋지고,
무엇보다 나만 열렬하게 사랑해주고….
철없는 환상을 꿈꾸던 시절을 생각하면 웃음밖에 나오지 않지만
아직도 다 버리지 못하고 있습니다.
그리고 그중에 사랑에 대해 품고 있는 대단한 환상 하나,

"나를 사랑한다면, 나의 모든 것을 사랑해줘."

사랑에 빠지면 어린아이로 퇴화해서 떼쟁이가 되는 모양입니다.
그러나 우리 아버지가 자식에게 이따금 하시던 말씀이 있습니다.

"예쁜 짓을 해야 예뻐하지!"

여기서 포인트는 '예뻐야'가 아니라 '예쁜 짓을 해야'입니다.
좋은 사람, 사랑스러운 사람만이 사랑받을 수 있다는 뜻이 아닙니다.
내가 점점 더 좋은 사람으로, 점점 더 사랑스러운 사람으로
변화하는 것이야말로
나를 사랑하고, 내가 사랑하는 사람에게 줄 수 있는
가장 기쁜 선물이기 때문입니다.
그것이 바로,
사랑이 우리에게 줄 수 있는 최고의 선물입니다.

그러니 나를 사랑하는 사람을 상대로
"이래도 나를 사랑하겠어? 이렇게 부족한 나를?" 하는 식으로
자꾸 시험에 들게 해서는 곤란하겠지요. *

말귀를 알아듣지 못하는 이유

"Step Down!"

이 간단한 영어가 무엇을 말하는지는 알고 있습니다.

그러나 도무지 그 뜻을 이해할 수 없었습니다.

외국의 한 도시를 여행 중이었고, 그곳의 버스를 탔을 때의 일입니다.

다음 정거장에 내려달라는 신호로 미리 줄을 잡아당겼고

버스는 어김없이 정류장에 정차했습니다.

그런데 문이 열리지 않았습니다.

문을 열어달라고 했더니 운전기사가 "Step Down"이라고 합니다.

무슨 소린지 알 수가 없었습니다.

학창 시절에 버스를 탔다가 문이 열리기 전에 한 계단 내려섰다가

호되게 혼이 났더랬습니다.

"문이 열리기 전에 내려가면 어떡해? 큰일 난다고!"

그런데 이 도시의 운전기사는 내려가라고 합니다.
사람은 낯선 상황에 처하면
과거의 경험에 의존해 판단하기 마련입니다.
내려가라는 말을 도대체 이해할 수가 없어서
계속 그냥 서 있었더니,
운전기사가 아까보다 큰 소리로 "Step Down!" 고함을 칩니다.
버스 안 사람들이 모두 쳐다봅니다. 창피해서 내려섰습니다.
그러니 신기하게도 문이 열립니다.

외국 여행을 할 때 가장 어려운 점은
언어가 통하지 않을 때라기보다,
그곳의 문화가 우리 문화와 충돌할 때입니다.
그럴 때 그들이 하는 말은 단지 사전에 의거해 번역만 될 뿐
도무지 무슨 뜻인지 알 수가 없습니다. 그것은 마치…
한글을 막 배우기 시작할 무렵,
줄지어 걸려 있는 거리의 간판을 읽을 때와 비슷합니다.
읽을 수는 있지만, 그 가게가 뭐하는 곳인지는 모릅니다.

새로운 누군가를 만나는 것이 그와 비슷합니다.
우리는 서로에게 난생처음 여행하는 외국이고
간판을 읽을 순 있어도 무얼 하는 곳인지 알 수 없는 가게입니다.

그렇게 생각하면
나를 조금 더 친절하게 설명할 수 있을 것 같습니다.
조금 더 인내심을 가지고
그를 지켜볼 수 있을 것 같습니다.*

이해가 필요할 때

:
:

선생님이 학생들을 차례대로 불러 진학 상담을 했습니다.
한 학생이 말했습니다.

"저는 마술사가 되고 싶어요."

막연한 꿈이 아니었습니다. 틈틈이 아르바이트해서 번 돈을 모아
마술학원에 다닌 지 벌써 꽤 된 모양이었습니다.
부모님의 반대는 극심했습니다. 야단맞는 것이 일상이었습니다.
학생이 말했습니다.

"부모님은 절대 저를 이해 못하세요."

표정엔 부모님에 대한 서운함으로 가득했습니다.
선생님이 물었습니다.

"부모님이 너를 이해하실 수 있도록 노력해봤니?"

학생은 나름대로 노력했다고 했습니다.
자신이 얼마나 마술을 좋아하는지,
얼마나 마술사가 되길 원하는지….
선생님이 고개를 가로저으며 말했습니다.

"그건 부모님한테 무조건 너를 이해해달라고 떼를 쓴 거지."

가지고 싶은 것을 갖기 위해서, 하고 싶은 것을 하기 위해서
다른 사람의 도움과 이해가 필요할 때가 적지 않습니다.
그런데 이런 경우 자신의 입장이나 감정을 늘어놓고
상대가 스스로 납득하기를 바라진 않았을까요?

진심이 담겨 있지만, 이런 식의 설득은 실패하기 쉽습니다.
상대에게 받고 싶은 대로 상대를 대하라고 합니다.
이상적인 인간관계를 유지할 수 있는 방법이지만
상대보다 나에게 무게중심이 실려 있어서

정작 상대가 무엇을 원하는지 알지 못합니다.
더구나 그 상대가 모두 다 다른 데 말이지요.

그래서 나온 말이 '백금률'입니다.
앞서의 황금률을 한 단계 뛰어넘어서
상대가 원하는 것이 무엇인지
상대의 시각과 입장에 서보는 것이지요.
누군가 나를 이해하지 못할 때, 생각해보기로 했습니다.

나는 순전히 내 입장에서만
나를 이해시키려고 하는 것은 아닐까,
상대의 입장에서 나를 바라보고
이해할 수 있도록 노력해보면 어떨까. *

소심해서 그렇습니다

⋮

부장님이 인사를 받아주지 않거나 핀잔을 하면
'내가 뭘 잘못했나?' 하루 종일 좌불안석입니다.
회의할 때 후배가 "선배님! 이건 그렇게 하는 게 아니고요" 하면
'얘가 날 무시하나' 싶어 세상이 미워집니다. 그러는 후배한테
"너는 뭐가 그렇게 잘났냐? 너는 안 늙을 줄 아냐?" 혼내주고 싶고
부장님한텐, "대체 왜 그러시는데요?" 따져 묻고 싶지만
한 번도 실행에 옮겨본 적은 없습니다.

친구가 꾸어간 돈을 갚지 않고 있는데
갚으란 말을 못해 속병을 앓고,
식당에서 밥을 먹다가 머리카락이 나와도
항의를 못해서 그냥 나오고,

가게 주인이 급하게 참외를 봉투에 넣으면서
상한 참외 한 개를 슬쩍 집어넣는 걸 봤으면서도 못 본 체 넘어가고,
콜 센터에서 전화가 오면 말을 끊지 못해 끝까지 다 들어줍니다.

우유부단하단 말도 많이 들었습니다.
이거냐, 저거냐, 선택을 요구받을 때
예, 아니오로 대답하라는 질문을 받을 때
답을 계속 미뤘기 때문입니다.
소심하기 때문에
자신이 이런 말이나 행동을 하면
상대가 마음 상하지 않을까 싶어 스스로 조심합니다.

그는 참 배려심이 많은 사람입니다.
하고 싶은 말은 많지만
모두가 하고 싶은 말을 다 하고 살면
세상이 얼마나 시끄러울까요.
그는 소극적인 평화주의잡니다.

무엇보다 선택의 기준이 '이것' 아니면 '저것'이고
질문의 답이 '예' 아니면 '아니오'여야 한다는 것에
쉽게 수긍할 수 없습니다.

이것이고 저것이고 아무것도 선택하고 싶지 않고
예고 아니오고, 아무런 답도 하고 싶지 않은 사람도
세상에는 있는 법입니다.
그는 어떤 선택이나 질문 앞에 두려움도 불안도 없이
자신만만한 사람이 오히려 이해하기 힘들다고 생각합니다.
가끔은 허영으로 보이기도 합니다.

소심해서 더 상처 받고, 우유부단해서 더 손해 봅니다.
타인에게 상처 주고 손해 주느니 그게 더 편하다고 생각합니다. *

무관심보다 무서운 관심

•
•
•

새하얗게 눈이 펑펑 내린 다음 날이었습니다.
이른 아침부터 눈사람을 만들겠다고
친구와 놀이터에 놀러갔습니다.
함께 미끄럼틀을 향해 가다가
그만 구덩이에 풍덩 빠지고 말았습니다.
대체 왜 거기에 구덩이를 팠는지는 지금도 알 수 없지만
눈이 내리기 전에 어른들이 깊숙하게 구덩이를 팠는데,
눈이 수북하게 쌓여서 구덩이가 감쪽같이 감춰진 것입니다.
키를 훌쩍 넘는 눈구덩이에 빠진 어린아이 둘은
어쩔 줄 몰랐습니다. 하도 이른 시간이라
주위에 도와줄 사람은 아무도 없었습니다.

먼저 친구가 안간힘을 써서 구덩이에서 탈출했습니다.
위에 서 있는 친구에게 손을 뻗었습니다.
"나도 올려줘."
친구가 냉정하게 거절했습니다.
"너 올려주다가 내가 또 빠지면 어떡해?
스스로 올라와봐.
나도 올라왔으니까 너도 올라올 수 있을 거야"

맞는 말이지만, 화가 났습니다.
발버둥을 치며 눈구덩이에서 겨우 올라와서는
친구를 노려봤습니다.
친구는 무안했는지 바보처럼 웃기만 했습니다.
우리 둘은 아무 말도 하지 않았습니다.
그러다 약속한 것처럼 똑같은 행동을 개시했습니다.
아까 빠졌던 눈구덩이의 흔적을 감쪽같이 없앴습니다.
그러곤 미끄럼틀 아래로 들어가 꼭꼭 숨었습니다.
멀리서 우리들의 이름을 부르는 소리가 들렸습니다.
지금 우리들의 이름을 부르는 저 친구가
잠시 후면 눈구덩이에 빠질 겁니다.

실없는 장난질입니다.

내가 빠졌던 구덩이에 다른 사람이

똑같이 빠지는 모습을 일부러 구경하는 것은….

더구나 빠질 때 얼마나 놀랐는지,

올라오느라 얼마나 힘들었는지 뻔히 알면서 말이지요.

"여기는 구덩이야. 조심해"

알려주면 좋으련만

"재는 어떻게 하나 두고 보자."

지켜봅니다.

'두고 보자'는

무관심보다 더 무서운 관심입니다. *

과거가 발목을 붙잡을 때

⋮

두 사람은 친구였습니다.

정확히 말하면, 과거의 친구였습니다.

한 쌍의 젓가락처럼 꼭 붙어 다닌 적도 있지만

어떤 일로 크게 다퉜고, 끝내 오해를 풀지 못한 채 헤어져

서로의 소식조차 알지 못한 지 꽤 오래되었습니다.

그러던 어느 날, 직장 선배가 친구의 이름을 대며

"알아?" 하고 물었습니다.

처음엔 잘못 들었나 싶었습니다.

거기서 나올 이름이 아니었기 때문입니다.

안다고 하자, "정말 알아?" 재차 묻습니다.

친구라고 하니 비꼬듯 반문합니다.

"아닌 거 같던데?"

당황했습니다.

선배를 붙잡고 그에게 무슨 말을 들었냐고

확인하고 싶었지만 관두었습니다.

그가 어떤 말을 들었다 해도 거짓이 아닐 것 같아서였습니다.

거짓이 아닌 말에 대해서 해명한다는 것은

또 다른 거짓에 불과합니다.

과거의 한때 한쪽 가슴에 악마가 들어앉아

속삭인다고밖에 표현할 수 없을 정도로

비이성적인 시절을 보냈습니다.

마치 자기만의 특권인 양, 세상을 비웃고, 타인을 조롱하고

자신을 사랑하는 사람들의 마음을 짓밟고 다녔습니다.

대부분의 경우, 그 시절이 끝나면 악마도 떠나가고

새로운 환경, 새로운 관계 속에서 새로운 인생을 출발합니다.

그러면서 부끄러운 과거에 대해 정작 본인이 가장 먼저

잊어버리지만 그렇다고 있던 모든 것이 없어질 수는 없습니다.

어딘가에는 자신에게 상처받은 사람이 존재하고

저지른 죄가 존재합니다.

죄는 기억력이 좋아서 마치 어두운 골목길 모퉁이에서

낯선 이방인처럼 불쑥 나타나 값을 치르라고 요구합니다.

그러나 이건 두렵거나 무서운 일이 아닙니다.
죗값은 사는 동안 어떤 방식으로든 갚아야 할 빚입니다.

과거에 저지른 실수나 잘못이
어떻게든 부메랑처럼 돌아온다는 사실을
그것을 스스로 감당해야 한다는 사실을 안다는 것은
참 중요합니다.
죄 없는 사람이 어디 있을까요. *

충고를 해야 한다면

⋮

차라리 업무와 관련한 실수나 잘못이라면
당당하게 충고할 것입니다. 그런데 이런 경우엔 참 애매합니다.

"점심을 같이 먹는 회사 동료가 있는데 반찬을 먹을 때,
이것저것 집었다 놓았다 해. 난 참 보기 싫은데, 어떡하면 좋지?"
"문자를 자주 주고받는 친구가 있는데, 번번이 맞춤법이 틀려.
나는 자꾸 맞춤법 틀린 거만 신경 거슬리고… 말해야 할까?"
"우리 며느리는 내가 무슨 말을 할 때마다 '정말이요?' 하고 물어.
처음엔 그냥 흘려들었는데, 자꾸 듣다보니까 아니, 내가 그럼
거짓말을 한단 소리야?"
"내 옆자리에 앉는 여자 후배는 회사에서 맨발에 슬리퍼를
신고 다녀. 아무리 그래도 회산데 그건 좀 아니지 않나?"

대세를 거스를 만큼 중대한 실수나 잘못은 아니지만
차마 계속 보아줄 수 없는 상황,
더 이상 참기는 힘들고 그렇다고 대놓고 지적하기도 뭣한 상황.
이럴 때는 정말 어떻게 해야 할까요?

안에서 새는 바가지가 밖에서도 샌다고
나한테만 그러는 게 아니라,
십중팔구 다른 사람들에게도 같은 실수를 저지를 테고
그들 대부분은 돌아서서 흉을 볼 것입니다.
만약에 이런 상황을 당사자가 나중에 알면, 참 많이 상처받겠지요.
그러니 충고를 해주는 것이 옳습니다.
그러나 충고를 하는 사람 입장에서 약간의 기술이 필요한데
"단점은 지적해도 약점은 지적하지 않는다"는 것입니다.
단점을 당사자의 성격이나 환경 등으로 연결하지 말고,
오로지 단점 그 자체만 충고해주고
짧게 끝내는 것이 좋다는 것이지요.
그 말대로 충고해보니, 상대방의 반응이 기대 이상이었습니다.
"제가 그랬어요? 전 몰랐네요. 알려줘서 고마워요."
충고를 하면서 기분 상하면 어쩌나 조마조마했던 마음이
뿌듯해졌습니다. *

미안해요

:

함께한 세월이 어언 반세기가 가까운 어느 노부부의 이야깁니다.
할머니는 할아버지에 대해 한 가지 불만이 있었는데,
지금까지 함께 살면서
미안하다는 말을 한 번도 들어본 적이 없다는 것이었습니다.
벌써 옛날의 일이지만
남편이 실직해서 대신 생계를 책임진 시절에도
남편은 미안하다는 말 대신 이렇게 말했습니다.
"내가 일부러 노는 게 아니잖아.
상황이 이렇게 됐으니 난들 어쩌겠어?"
다시 직장을 구해 일주일에 닷새는
새벽 일찍 들어올 때도 말했습니다.
"내가 일부러 늦게 들어오는 게 아니잖아. 회사가 그런데 어쩌겠어?"

하기는 부엌에서 컵을 깬 아들도 이렇게 말했던 것 같습니다.
"일부러 깨뜨린 게 아니에요. 왜 그렇게 화를 내세요?"

사람 사는 일이 자신의 의도나 선택과 무관할 때가 훨씬 많고
나도 모르는 사이에 지금의 내가 되어버린 경우도 적지 않습니다.
의도치 않은 결과라서 사실은 내가 가장 억울하고 속상합니다.
당연히 나를 바라보는 이를 대하는 내 마음이 편치 않습니다.
하지만 미안하다는 말은 그럴 때 하는 것입니다.
이렇게 될 줄 몰랐다거나, 운이 없다거나 하는 등의 말로
상황을 모면하려 할 게 아니라 벌어진 모든 상황을 인정하고
미안하다 말하면 됩니다.

그리고 신기하게도 진심을 담아 미안하다고 말하고 나면
왜 일이 이렇게 되었는지, 무엇이 잘못되었는지
앞으로 어떻게 해야 하는지 깨달을 수 있습니다.
무엇보다 미안하다는 말을 받아준 상대방과
더 친밀해질 수 있습니다.
상대 입장에서는 자신의 마음을 헤아려
미안하다고 해준 사람이 고맙기 때문입니다.

가장 미안한 사람이 가장 사랑하는 사람이라는 사실을
너무 늦게 깨닫지 않았으면 합니다.
너무 늦게 깨달아서 미안하다는 말 한마디 하지 못하는
커다란 실수를 하지 않았으면 합니다. *

준 것과 받은 것

:
:

차창에 비친 자신의 얼굴을 우연히 보았습니다.
별일도 없는데, 인상을 쓰고 있었습니다.
도대체 요즘 어떤 말을 많이 하면서 사는지
곰곰이 생각해보았습니다.
"왜 안 해?"가 많다는 사실을 발견했습니다.
왜? 라는 궁금증이나 호기심은 일말도 없었습니다.
해달라고, 하라고 했는데
하지 않았다는, 하지 않고 있다는 사실에 화가 났고
그것을 비난했습니다.

그가 어떤 말을 많이 하는지 짚어보았습니다.
"고맙다"가 많았습니다.

그녀가 해주는 것이 더 많아서가 아니었습니다.
그가 더 많이 고마워하고 있어서였습니다.
그녀는 그가 자신에게 해준 것에 대한 고마움은커녕
있던 사실조차 잊어버렸지만
그는 그녀가 자신에게 해준 것, 사소한 것 하나까지
모두 기억하고 있었습니다.

마음에 수평 저울이 하나 있습니다.
오른쪽에 내가 준 것을, 왼쪽에 내가 받은 것을 올려놓아봅니다.
어제도 그렇더니, 오늘도 또, 오른쪽이 기웁니다.
내가 너한테 해준 만큼, 너도 나한테 똑같이 달라니까, 왜 안 해!
화가 납니다.
그런데 혹시 아시나요?
마음의 저울엔 오류가 발생하기 쉽다는 사실을….

왜냐하면 마음에 달린 저울은
실제가 아니라 느낌을 재는 거니까요.
준 것은 실제보다 늘려서 느끼고,
받은 것은 실제보다 줄여서 저울에 올려놓으니까요.
심지어 준 것만 기억하고, 받은 것은 기억에서 놓쳐버려
저울에 올려놓지 않을 때도 허다합니다.

감사함이 없다면 받은 것이 태산 같아도 가벼울 수밖에 없습니다.
진정함이 없다면 준 것이 공기처럼 가벼워도 무거울 수밖에 없습니다.

마음의 수평저울에 올려놓아야 할 것은
내가 준 것과 받은 것이 아니라
내가 준 것과 진정함. 혹은, 내가 받은 것과 감사함입니다.
감사함과 진정함은 인생에서 나쁜 기억은 쉽게 지우고
좋은 기억을 많이 남깁니다.
마시멜로처럼 포근하고, 카스텔라처럼 부드럽고
초콜릿처럼 달콤한 기억들이 차곡차곡 쌓여
미래의 나를 만들어갑니다.

서비스

.
.
.

세차장에 갔을 때 일입니다.

기계세차가 끝나서 차에 시동을 걸고 나가려고 하니,

칠순은 넘어 보이는 어르신이 큰소리로 "잠깐!" 하십니다.

무슨 일인지는 몰라도 일단 멈췄습니다.

아마도 세차장 아르바이트를 하시는 모양이었습니다.

어르신은 손에 들고 있던 걸레로 차바퀴를

한 번 더 깨끗하게 닦아주셨습니다.

마지못해 어쩔 수 없이 하는 모습이 아니었습니다.

고객의 차가 깨끗해지는 것이 살뜰한 기쁨으로 보였습니다.

절로 기분이 좋아져서 진심을 담아 고맙다는 인사를 하고

이제 정말 출발하려는데, 또 한 번 "잠깐!" 차를 세우십니다.

"왜요?" 하고 여쭈니 대답 대신 유리창에 스티커를 붙였다 뗀

자국을 나이프를 동원해 일일이 떼어주셨습니다.

그리고 마른 수건으로 마무리까지!

감동받았습니다.

이런 걸 두고 아마 '고객 감동 서비스'라고 하는 거겠지요.

예전에 한 상점에 들러 이 물건 저 물건 살피다

날벼락을 맞은 적이 있습니다.

"안 사려면 만지지 말아요!"

손님이 없는 데 대한 분풀이를 당한 기분이었습니다.

그래서 손님이 없다는 걸, 상점 주인은 몰랐을까요.

서비스는 덤과 달리 편리함을 제공하는 것입니다.

손님이 원하는 것을 일일이 말로 표현해야 한다면

편리한 것이 아니니 손님이 원하는 것을 먼저 파악해서

제공해야 하는 어려움이 있지요.

그러나 만약에 서비스가 없다면

돈을 넣으면 물건이 나오는 자판기와 무엇이 다를까요?

오히려 자판기가 더 편리할 수도 있겠습니다.

'고장'을 일으키지 않는 한,

고객에게 불쾌하게 굴진 않을 테니까요.

바야흐로, 사람과 사람의 접촉 대신 사람과 기계의 접촉이
더 익숙해지는 시대가 되고 있습니다.
어쩌면 그래서 사람의 체온만이 줄 수 있는
작은 서비스에 큰 감동을 받았던 건 아니었을까,
그런 생각을 해보았습니다.*

뻔히 알면서 손해 볼 때

:

어머니의 내의며 속옷, 일바지를 사러 재래시장을 찾았습니다.
선물인데 이왕이면 백화점에 가서 사지 그러냐고 할지
모르겠습니다. 그러나 천만에요.
일바지는 말할 것도 없고, 어머니가 찾으시는
사이즈 넉넉하고, 오로지 순면으로만 만들어져 피부 건강에 좋고
가스 불에 팍팍 삶아도 되는 내의며 속옷은 백화점에 없습니다.
그리고 재래시장에서는 속옷도 과일이나 채소처럼
몇 개에 만 원, 이런 식으로 팝니다.

처음 들른 가게에서 내의 한 벌에 만 원,
속옷 네 벌에 만 원이라는 말을 듣고 다른 가게로 발길을 돌렸습니다.
주인 할머니가 우리 집이 이 시장에서 제일 싸다며

의견도 묻지 않고 비닐봉지에 내의며 속옷을 집어넣으십니다.
가격을 물으니, 내의 한 벌에 만 원, 속옷 세 벌에
만 원이라고 합니다. 뭐가 싸다는 건지 모르겠습니다.
게다가 내의도 사려는 겨울용이 아니라 봄가을용입니다.
겨울용을 달라고 하자, 겨울에 입어도 따뜻하다고 합니다.
젊은 사람이라고 무시하나 싶은 맘에
어떻게 이게 겨울에 입어도 따뜻하냐고 하자,
요즘엔 내의가 잘 나와서
이 정도 입어도 겨울에 안 춥다며 계속 우기십니다.
그래도 계속 지갑이 열리지 않으니까
양말 한 켤레를 넣어주곤, 인자하게 웃으십니다.
결국 돈을 지불했습니다.

물론, 할머니의 미소를 뿌리치고 다른 가게로 갔어도 될 일입니다.
손해인 줄 뻔히 알면서 할머니한테 산 이유가 무엇이었을까,
생각해보면 결코 인정 때문은 아니었습니다.
할머니는 물건을 팔기로 작정했고
여기에서 새파랗게 젊은 여자가 아무리 똑똑한 척하며 따진들
시장에서 수십 년 장사한 할머니를
어떻게 당해낼 수 있을까, 싶어서였습니다.

그리고 이상하게 가게를 나서면서 기분이 나쁘지 않았습니다.

아마도 뻔히 알면서 손해 봤기 때문이었을 겁니다.
상대가 고의적으로 속이려고 했든 아니든
내가 먼저 알아차렸다면 상대가 필요로 하는 편리함이나,
이익을 위해 약간의 손해를 감수해주는 것도
그리 나쁜 경험은 아닐 것입니다.*

고마운 사람들

⋮

전기요금 청구서에서 미아를 찾는 광고를 보았습니다.
평상시엔 건성으로 봐 넘긴 미아 찾기 광고입니다.
그런데 그날따라, 사진 속 얼굴이 한참 눈에 들어왔습니다.
어쩌면 내가 이 아이처럼 될 수도 있었습니다.
아직도 집으로 돌아오지 못해 부모의 애간장이 녹고 있을
이 아이와 달리 내가 무사히 집으로 돌아올 수 있었던 이유는
단 하나.
고마운 사람을 만난 덕분이었습니다.

어린 시절에 길을 잃은 적이 있습니다.
사람들에게 집 주소를 말하며 어떻게 가야 하냐고 물었지만,
다들 모른다는 말만 남기고 총총히 사라졌습니다.

처음에는 그 언니도 모르겠다고 하고 가던 길을 가버렸습니다.
길거리에 우두커니 선 채 멍하니 그 뒷모습을
쳐다보고만 있었습니다.
그리고 그때, 뒤통수가 당겼던 모양일까요.
그녀가 발걸음을 멈추더니 다시 몸을 돌려 다가왔습니다.
그리고 물었습니다. "동네 이름은 확실한 거야?"
고개를 끄덕이며 그렇다고 하자, 택시를 잡았습니다.
먼저 나를 태우고 자신도 함께 올라탔습니다.
그 언니는 내가 집 안으로 들어가는 것까지
지켜본 후에야 돌아갔습니다.

만약에 그날, 아무도 나에게 친절을 베풀지 않았다면
행여 불운이 겹쳐 나쁜 사람이라도 만났다면
어떤 비극이 벌어졌을까요.

그처럼 모르는 사람에게 도움을 받은 적이 한두 번이 아닙니다.
그야말로 아무런 조건 없이, 순수한 인간애로
도움을 베푼 것이기 때문에 더 고마운 사람들입니다.
우리가 지금까지 큰일 겪지 않고 잘 살고 있다면
그 이유의 일정 부분은,
우리가 모르는 수많은 사람의 조력 덕분입니다.

이런 고마움은 어떻게 갚아야 하는 걸까요?

언젠가 고마운 선배에게 어떻게 갚으면 좋겠냐고 물었을 때
들려준 말이 떠오릅니다.

"나한테 갚으려고 할 필요 없어.
네가 받은 그대로 다른 사람에게 돌려주면 돼."
우리가 낯선 사람들에게 친절함을 베풀어야 하는 이유 역시
그러합니다. *

물거품처럼 사라진 사람들

:
:

안데르센의 동화《인어공주》에서
가장 어리석은 사람은 누구일까요?
고작 한 번, 그것도 먼발치에서 보았을 뿐인 남자한테
푹 빠져서 지금까지의 자신을 모두 버린 인어공주도
어리석다면 어리석었습니다.
그러나 사랑의 속성 중 하나가 눈먼 어리석음이니
인어공주에게는 면죄부를 주어도 좋을 것 같습니다.
그렇다면 인어공주가 그토록 사랑한 왕자는 어떨까요?
왕자는 정작 자신을 구해준 인어공주를 곁에 두고
엉뚱한 사람에게 고마움을 표했고,
급기야 자신의 미래를 선물했습니다.
그러고 보니 가장 나쁜 사람은 인어공주의 목소리를 빼앗아간

마녀보다 이웃 나라 공주인 거 같습니다.
그녀는 자신이 왕자를 구했다고 착각한 것일까요,
아니면 그렇게 믿고 싶었던 걸까요.
아무래도 왕자와 이웃 나라 공주는
서로 대화가 상당히 부족했던 것 같습니다.
아니면 거짓말을 했든가요.

우리는 인어공주보다 왕자가 될 때가 많습니다.
사랑하는 사람을 위해 모든 것을 거는 인어공주가 아니라
정작 고마운 사람이 누군지도 모르는 왕자 말입니다.
물론 변명의 여지는 있습니다. 몰랐으니까요.
인어공주가 전혀 티를 내지 않았으니까요.
그것은 그들의 공통점이기도 합니다.

'상대를 지켜주기 위해 자신의 무엇을 희생했는지 생색내지 않는다.'

그래서 알지 못했습니다.
좋아하는 감정과 고마운 감정을 혼동한 적도 있습니다.
고마운 사람을 좋아하는 것이 아니라
좋아하는 사람한테 고마워했습니다.

그러다 어느 날 문득, 고마운 사람이었는데
마음껏 좋아해주지 못한 사람들의 얼굴이 떠올랐습니다.
인어공주처럼 물거품이 되어
현재의 내 시간 속에서 사라진 사람들이 대부분이었습니다. *

키가 작아서

:

유람선 안의 승객들이 모두 양쪽에 있는 창문 앞에 섰습니다.
강을 따라 흘러가는 창밖의 절경을 구경하기 위해서였습니다.
저마다 절경에 공감하는 말을 주고받는데,
난데없이 전혀 그런 내용이 아닌 말이
한 아이의 목소리로 들렸습니다.
"날 올려줘요. 키가 작아서 볼 수가 없어요."
어리지만 또랑또랑한 목소리의 주인공은
대여섯 살 어린이였습니다.
유람선 안 승객들의 시선이 그 아이에게 향했습니다.
그리고 보니 아이의 키가 창문턱에도 미치지 못합니다.
다른 사람들이 감탄하는 세상으로부터 자신만 소외됐다고 느꼈는지
아이는 잔뜩 속상한 표정이었습니다.

그제야 아이 아빠가 아이의 요청대로
아이를 품에 안아 들어 올렸고
아이는 창밖의 풍경을 볼 수 있었습니다.
유람선이 선착장에 도착할 즈음
한 어른이 실컷 보았느냐고 물었더니
아이가 답했습니다.

"아니오. 잘 못 봤어요. 근데 그건, 제가 키가 작아서 그래요."

아이의 말이 참 대견했습니다.
어른이라면 창문 탓을 했을 겁니다.
창문을 왜 이 따위로 만들었냐며 비난했겠지요.
창밖에 두 번 다시 볼 수 없는 절경이 펼쳐진다면
그 비난은 분노로 이어질 가능성이 큽니다.
그것은 자신은 정상이고
창문이 비정상이라는 것을 전제로 한 것입니다.
그러나 아이는 원인을 똑 부러지게 짚어냈습니다.
키가 작기 때문이라고…
대책도 제시했습니다.
그러니까 자신을 안아서 올려달라고….

아이의 말에서 세상 사는 법을 배웠습니다.

내게 못마땅한 일이 닥치는 원인이

밖에 있는 것이 아니라 내 부족함 때문일 수 있습니다.

그럴 땐 자책하지 말고 원망하지 말고 도움을 요청하면 됩니다.

하지만 우리는 어른이 되면서

다른 사람에게 도움을 요청하는 용기를 잃어버렸습니다.

혼자 잘하지도 못하고

다른 사람에게 도와달라고 하지도 못합니다.

이것이야말로 호미로 막을 일을 가래로도 막을 수 없게

사태를 악화시키는 것이 아닐까요.

헤어질 때 모습

:

방금 전에 "안녕! 잘 가~" 하고 헤어진 사람입니다.
4차선 차도를 사이에 두고 한 사람은 이쪽 버스 정류장,
다른 한 사람은 저쪽 버스 정류장에 서서
마주 보며 손까지 흔들었었습니다.
그런데 신호등이 파란불로 바뀌자
헐레벌떡 횡단보도를 뛰어옵니다.
놀라서 무슨 일이냐고 물으니
마주 서 있다가 서로 다른 길로 가는 것은
너무 슬프다고 말합니다.
그러니 끝까지 같은 편에 서주겠다고 합니다.
먼저 갈 때까지 기다려주겠다고 합니다.

방금 전에 "안녕~" 하고 헤어지는 인사말을 했습니다.
서로 전화 끊기를 기다리느라
아무 소리도 나지 않는 상태가 몇 분간 이어졌습니다.
기다리다 먼저 물었습니다.
"아직 거기 있니?"
대답이 돌아옵니다.
"응, 왜 안 끊어? 빨리 먼저 끊어"
웃음보가 터졌습니다. 내일 만남이 더욱 기대됩니다.

누구라도 다 떠나고 혼자 남는 건 싫어합니다.
남는 사람의 쓸쓸함을 아는 사람이 좋습니다.
그들은 헤어짐에 따스한 여운을 남겨 만남을 뜻깊게 합니다. *

가족이라는 말

5부

콩깍지의 진실

⋮

그녀가 결혼 소식을 알렸을 때, 다들 놀랐습니다.
겨우 이십대 초반이었고, 매우 영민한 데다 자기 주관이 뚜렷해서
독신 선언을 했더라면 차라리 덜 놀랐을 것 같습니다.
더구나 종교가 다른 시댁에 들어가서 살 거라고 했을 땐
놀라움을 넘어 걱정스럽지 않을 수 없었습니다.
한 친구가 말했습니다.
"쟤 눈에 콩깍지가 씌어도 단단히 씐 거야."
그때는 그 콩깍지의 진실이 마냥 사랑인 줄만 알았습니다.

십여 년의 세월이 흘렀습니다.
그녀의 결혼생활은 평탄치 않아 보였습니다.
그녀가 큰 그릇이라면 그녀의 남편은 작은 그릇 같았습니다.

작은 그릇 안에 큰 그릇을 억지로 담으려고 하면
늘 달그락거릴 수밖에 없을 것입니다.
그렇다고 해도 당사자가 먼저 괴로움을 호소하지 않는데
아무리 친구라고 해도 아는 척하며 먼저 나설 수는 없는 법입니다.

그녀가 처음으로 결혼생활의 괴로움을 하소연했을 때
친구들은 그동안 참았던 궁금증을 일제히 폭발시켰습니다.
"왜 결혼했니? 하나부터 열까지 맞는 게 없어 보였는데…"
그녀가 대답했습니다.
"몰라. 그때 콩깍지가 씌었나봐"
모두들 큰소리로 웃었습니다.
그것은 기혼자들만 아는 공감의 표시였습니다.
"그래, 맞아! 콩깍지가 그 콩깍지가 아니라 이 콩깍지였다니깐!"

콩깍지가 씌었다는 말이 사랑에 눈이 멀어
그 사람의 단점이 보이지 않는다는 뜻인 줄 알았습니다.
그것이 아니라는 사실을 나중에야 깨달았습니다.
사랑하고 싶고, 결혼하고 싶은 '마침 그때'에 눈이 멀었던 것입니다.

그러나 인연이란 그렇게 오기도 합니다.
사랑하는 사람이 나타난 그때가 운명의 순간이 되기도 하지만

때때로 마침 그때 나타난 사람이
사랑의 대상이 되고, 운명이 되기도 합니다.
그리고 먼 훗날이 되면
무엇이 먼저인지는 그다지 중요하지 않을 것입니다.
어떻게 시작되었느냐보다 중요한 것은
어떻게 함께 지내왔느냐가 될 테니까요. *

결혼의 조건

:

'연봉 1억 원당 지참금 15억 원'이라는 셈법이 있습니다.
일부 전문직 남성이 배우자감에게 요구하는 조건이라고 합니다.
이 말을 듣고 한 친구가 말했습니다.
"나 같으면 15억 원을 요구하는 남자랑 결혼하느니
그냥 15억 원 가지고 혼자 살고 말겠어."
어차피 말 같지도 않은 소리,
그러나 그런 말을 하는 데는 이런 의혹이 깔려 있었겠지요.
'설령 15억 원이라는 조건이 충족돼서 결혼한다 한들,
과연 그 결혼생활이 행복할 수 있을까?'

옛날 유럽의 상류사회에서는 남편은 남편대로, 부인은 부인대로
애인이 있는 것이 일반적이었습니다.

옛날 예술가들의 생애를 보면 모모 부인의 도움을 받았다거나
사랑을 나누었다는 식의 이야기가 참 많이도 나오지요.
불륜이라는 단어는커녕
그런 일이 있다는 자체를 모르던 어린 시절에
이런 이야기를 책에서 읽으면
이 여자가 남의 부인이라는 건지, 내 부인이라는 건지
부인이라고는 하는데 남편은 안 나오고
왜 이 사람이 자꾸 "부인!" 이라고 하는지
당최 이해하지 못했습니다.
설마 그게 사랑인 줄은 꿈에도 상상하지 못했지요.

그 시대, 정확히는 그 시대 상류사회에 불륜이 불륜으로
단죄 받지 않았던 데는 나름대로 이유가 있었습니다.
개인의 의사와는 관계없이
철저히 가문의 이득을 따져 결혼했기 때문에
결혼해서도 각자 방을 따로 썼고
결혼 따로, 사랑 따로 누리고 사는 것에
죄책감이나 거리낌이 없었다는 것입니다.

평생을 해로하는 데 경제적인 조건은 중요합니다.
그러나 결혼의 조건으로 '돈'이 우선시된다는 것은

예상치를 넘는 도덕의 타락과 인생의 실패를 전제하고 있습니다.
사람의 마음이란 죽을 때까지 자신이 기쁨을 얻을 수 있고
편히 쉴 곳을 찾아 헤매기 마련인데,
그곳이 '돈'이 아니라 '사랑하는 가족'이라는 사실을
너무 늦게 깨닫는다면 이미 돌이킬 수 없을 테니까요. *

맞추려고 노력하는 게 싫어

.
.
.

어린 새색시는 남편을 위해 무엇이든 다 잘해주고 싶었습니다.
아침에 남편이 입고 출근할 와이셔츠가 종이 접은 것처럼
반듯하고 집 안은 늘 반짝반짝하게 윤이 나고
저녁마다 한 상 가득히 차린 음식은 최고로 맛있고
그랬으면 좋겠다고 생각했습니다.

그러나 막상 생전 처음 다려보는 와이셔츠는
한 장 다리는 데도 30분 넘게 걸렸고
그나마 다린 것도 두 줄이 생기기 일쑤였습니다.
청소기 한 번 돌려서 집 안이 반짝반짝 윤이 나게 만드는 건
어림 반 푼어치도 없었지요.
저녁마다 한 상 가득히 차리기 위해 마트로 출근했지만

음식 솜씨가 서툴러 국 하나 끓이고, 반찬 두 가지 만드는 데도
두 시간 넘게 걸렸습니다.
겨우 다 만들어 식탁 앞에 앉을 즈음이면,
아내는 피로에 지쳤고, 남편은 배고픔에 지쳐 있었습니다.
게다가 음식은… 들인 공에 비해 참 맛이 없었습니다.
아내가 미안한 맘에 남편에게 말했습니다.
"내가 앞으로 더 노력해서 맛있게 만들어볼게."
남편의 반응은 의외였습니다.
"그러지 마."
어린 아내는 그게 무슨 뜻인지 이해하기 힘들었습니다.
남편이 말했습니다.
"난 당신이 나한테 맞추려고 노력하는 게 싫어."

결혼은 서로 노력하는 것이 가장 중요하다고 많이들 말합니다.
그러나 노력이란 어쩔 수 없이 인위적일 수밖에 없지요.
서로에게 자신을 인위적으로 맞춰가는 과정에서 희생되는 것이
결혼 전 배우자에게 끌린 고유의 개성과 매력입니다.
너도, 나도 아닌 우리가 되는 것이 행복한 결혼생활이고
언젠가는 간절히 필요할지 모르지만
남편은 아직은 '노력' 이라는 단어가 싫었습니다.
내가 이 사람을 특별한 노력 없이 사랑하는 것처럼

이 사람도 그랬으면 좋겠습니다.

남편이 다짐이라도 받으려는 듯 힘주어 말했습니다.

"노력하지 마. 알았어?"

어린 아내가 그 말에 담긴 뜻을 이해했을까요?*

내 다리인 줄 알았지

:
:

어느 부부 동반 모임에서 있었던 일입니다.

남편이 기름기 많은 튀긴 닭을 집어 드는 걸 보고 아내가 말립니다.

대신 샐러드를 남편 접시 위에 올려놓으면서 말합니다.

"당신은 이렇게 먹는 게 좋아요."

그러나 남편의 표정은 딱딱하게 굳어버렸습니다.

사람들 앞에서 자기를 애 취급한 것 같아서 화가 났습니다.

아내가 컵의 물을 엎지르는 바람에 친구 부인의 스커트가 젖었습니다.

남편이 대신 사과한다면서 하는 말이 이랬습니다.

"미안해요. 이 사람이 좀 얌전하질 못해서…."

아내의 얼굴이 붉으락푸르락해졌습니다.

사람들 앞에서 자기를 망신 준 것 같아서 화가 났습니다.

그리고 돌아오는 택시 안에서였습니다.
남편의 손이 자꾸만 아내의 허벅지를 긁습니다.
아내가 남편의 손을 야멸치게 밀어내자
남편이 머쓱해하면서 말합니다.
"난 내 다린 줄 알았지. 어쩐지 아무리 긁어도 시원하질 않더라."

남의 건강이 아니라 남편 건강이라서
튀긴 닭보다 샐러드를 먹으라고 했습니다.
남의 실수가 아니라 아내 실수라서 편안하게 핀잔했습니다.
이 과정에서 정작 가장 중요한 배우자의 생각과 배려는 빠져버렸고,
자기 마음대로 처리했습니다.
부부싸움 대부분이 그렇게 시작됩니다.
내 남편이라서, 내 아내라서, 우린 세상에서 제일 편한 사이라서….

그러나 내 다리가 가렵다고
남의 다리를 아무리 긁어봐야 시원해지지 않습니다.
서로의 욕구를 대신 채워줄 수 없으며
느끼고 생각하고 행동하는 것이 다를 수밖에 없습니다.
어쩌면 배우자의 진가는 나와 같은 점이 아니라 다른 점에 있고
결혼의 경이로움은 이렇게 다른데도
함께 살아가는 데 있을지 모릅니다. *

이럴 줄 몰랐습니다

:

그로 말할 것 같으면,

누구보다 자신에게 충실한 사람이었습니다.

무엇을 원하는지 잘 알았고

그것을 손에 넣고 누리는 데 망설임이 없었습니다.

어린 시절부터 열중했던 취미가 직업으로 이어진 덕분에

직장 생활도 나쁘지 않았고, 적다고 할 수 없는 월급도

오로지 자신의 욕망에 충실하게 쓰였습니다.

망설임 없이 갖고 싶은 물건을 샀고

여행하고 싶은 곳을 다녔으며, 먹고 싶은 걸 먹었습니다.

주위 사람들에게 폼 나게 쓰는 돈도 적지 않았습니다.

그가 곧잘 하는 말이 있었습니다.

"카르페 디엠! 오늘을 즐겨라! 인생, 뭐 있어?"

사람들은 유쾌한 그를 좋아했습니다.

그를 만났던 여자들도 대체로 평이 좋았습니다.

만남도, 이별도, 담백했습니다.

그는 한 번도 사랑 같은 걸로 골치 아프거나

가슴 아파본 적이 없었습니다.

이런 그에게 사랑하는 여자가 생겼습니다.

한 번도 그런 적이 없었는데 난생처음, 가정을 꿈꾸었습니다.

그런데 결혼하고 얼마 지나지 않아 날벼락을 맞았습니다.

회사에서 구조조정 대상자가 되고 만 것입니다.

그의 통장에는 잔고가 남아 있지 않았습니다.

생활비를 벌기 위해서 아르바이트를 시작한 아내를 보고 있자니

자존심도 상하고 미안했습니다.

아내를 위해서 무언가를 해주고 싶었지만

할 줄 아는 게 아무것도 없었고,

행복하고 즐겁게 해주는 방법도 몰랐습니다.

아내는 그에게 '사랑을 모르는 사람'이라고 했습니다.

어느 날 밤,

아내가 부은 다리 때문에 밤새 뒤척이는 모습을 보았지만

면목이 없어 아는 체하지 못했습니다.

후회가 벼락처럼 그의 가슴을 쪼개어놓았습니다.

아무래도 지금까지 잘못 산 것 같습니다.

잘살아도 못살아도, 그 대가는 자신의 몫이라고 생각했습니다.

그런데 아니었습니다.

과거에 자신이 잘못 산 대가를

지금 자신이 세상에서 가장 사랑하는 사람이 치르고 있습니다.

이럴 줄 정말 몰랐습니다.

그의 가슴이 진심으로 아프기 시작했습니다. *

구름과 강처럼

:
:

대형마트의 푸드 코트에 갔다가 식사 중인 노부부를 보았습니다.
밥을 먹을 때 서로 말이 없으면 부부이고
시종 대화가 많으면 연인이라는 우스갯소리가 있는데
그분들도 다르지 않았습니다.
노부부는 조용히 식사를 마치고 일어나 각자 식기를 반납하고
역시나 말없이 함께 푸드 코트를 나섰습니다.
그리고 그때, 세상에서 가장 아름다운 모습 하나를 보았습니다.
노부부가 손을 잡고 산책하는 뒷모습이야말로
세상에서 가장 아름다운 모습이라고 하는데,
그분들이 그랬습니다.
비록 말이 없어도, 발걸음은 느려도
다정하게 손을 잡고, 같은 길을 천천히 걸어갔습니다.

'제품의 초기 사용 시와 갈수록 많이 달라질 수 있으나
그렇다고 고장은 아닙니다.'
'반품이나 환불은 불가하니 고장 시에는 고쳐서 사용하십시오.'
인터넷에 떠도는 〈남편사용설명서〉라는 제목의 글에 나오는
우스갯소립니다. 어디 남편에게만 해당되는 사항일까요.
아내에게도 마찬가지겠지요.
결혼하고 갈수록 달라지는 모습에
혹시 문제가 생긴 건 아닌지 남몰래 속을 태우기도 하고
무언가 잘못되었다는 것을 알면서도 고칠 수는 있는지
또 어떻게 고쳐야 하는지 몰라 소모한 세월도 적지 않겠지요.
어디 가서 밥을 먹을 때도, 남편이 먼저 식사를 마치고
식당 밖으로 나가 담배를 피웠을지 모르고
어디 길을 갈 때도 남편이 빠른 걸음으로 앞장서 걷느라
아내는 늘 허겁지겁 숨이 가빴을지 모릅니다.
구름과 강처럼 다른 곳에 사는 완전히 다른 존재들이었습니다.

그런 둘이 만나 한길을 갑니다.
구름은 강에 깃들고, 강은 구름을 비추어 보입니다.
구름이 강을 닮아간 것도 아니고,
강이 구름을 닮아간 것도 아닙니다.
둘이 만나 전혀 다른 새로운 차원의 길을 찾아갑니다. *

아무것도 원하지 않아요

아이가 공책에 뭔가를 열심히 쓰고 있었습니다.
엄마가 뭘 그렇게 열심히 쓰고 있느냐고 물었습니다.
아이가 대답합니다.
"엄마에게 청구할 돈을 계산하고 있어요."
엄마가 궁금하다면서 어디 한번 보자고 하자,
아이는 지금 막 계산이 끝났다면서 공책을 보여줍니다.
계산서였습니다.
우유 가져오기 세 번 3백원, 식탁 차리기 네 번 4백 원,
빨래 개기 한 번 백 원, 커피 타기 두 번 2백 원, 합계 총 천 원.
엄마는 제법 꼼꼼하게 작성한 청구서에 웃음이 나왔습니다.

이번엔 엄마가 청구서를 작성해보기로 했습니다.

아이의 두 눈이 커다래지면서 물었습니다.

"맙소사! 엄마도 저한테 용돈을 타시려고요?"

그래도 아랑곳하지 않고 청구서를 써 내려갔습니다.

8년 동안 식사 제공 0원, 수없이 많은 설거지와 빨래 0원,

아플 때 병간호 0원. 숙제 도와준 것, 온갖 시중들기 0원,

합계 0원.

어마어마한 액수가 나올까봐 긴장했던 아이가 물었습니다.

"엄마는 왜 0원이라고 적으셨죠?"

엄마가 말했습니다.

"왜냐하면 너에게 아무것도 바라지 않고 무엇이든 주고 싶어서지.

그렇지만, 네가 청구한 천 원은 줄게."

엄마는 아이에게 돈을 주기 위해 지갑을 찾으러 일어섰습니다.

그러자 아이가 엄마의 목을 꼬옥, 끌어안으며 말했습니다.

"아니에요. 엄마, 저도 엄마에게 아무것도 원하지 않아요."

많은 것을 주면서도 청구서에 0원으로 적고,

많은 것을 받으면서도 0원으로 여기는 세상에 유일무이한 사이

부모와 자식입니다. *

자식이 부모를 생각하는 비중

장성한 자녀를 둔 어머니들이 한자리에 모였습니다.

한 아주머니가 자식이 부모를 생각하는 비중이 100퍼센트 중에

몇 퍼센트나 될 거라고 생각하느냐는 질문을 내놓았습니다.

질문을 받은 이들 중에 누군가 답했습니다.

부모가 자식 생각하는 게 90퍼센트는 넘으니까

아무리 못해도 30퍼센트는 되지 않겠느냐고….

또 다른 이는 30퍼센트는 좀 많은 거 같고,

10퍼센트 정도는 되지 않겠느냐고 말하기도 했습니다.

그러자 처음에 질문했던 아주머니가

다들 그렇게 생각할 줄 알았다는 듯 시원하게 답을 내놓습니다.

"이 사람, 아주 큰일 날 소릴 하는구먼,

0.7퍼센트라네, 0.7퍼센트!"

좌중이 시끌벅적해졌습니다. 재차 확인하는 이도 있었습니다.
7퍼센트가 아니고 0.7퍼센트가 맞느냐고,
모두들 누군가의 어머니들인 그들은 0.7퍼센트라는 수치가
설문조사 결과라는 말에 경악을 금치 못했습니다.
0.7퍼센트라는 수치로 말할 것 같으면
부모가 자식을 백 번 생각할 동안
자식은 부모 생각을 한 번도 하지 않는다는 뜻입니다.
새삼 서운한 맘에 자식에 대한 성토가 봇물 터지듯
이어지는데 한 아주머니가 조용히 일어났습니다.
아들 저녁 차려주러 집에 가야 한다고 했습니다.

지금까지 무슨 말을 들은 거냐고, 자식 짝사랑은 관두고
우리도 이제 우리 인생을 즐겨야 한다며 다들 붙잡았습니다.
그러자 일어선 아주머니가 말했습니다.
"우리가 그런 말 할 자격이 있는가, 우리가 우리 어머니한테
어떤 자식이었는지 생각해보면 알 것 아닌가."

떠들썩했던 아주머니들의 성토가 뚝 끊어졌습니다.
천천히 겉옷을 챙겨 입고, 가방을 들고
주섬주섬 일어서기 시작했습니다. 저마다의 머릿속엔
'오늘 저녁엔 뭘 해서 먹이나'가 그려지고 있었습니다. •

아빠, 다녀오셨어요?

그도 알고 있습니다.

이 시대의 가장에게 더 이상 가부장권은 허락되지 않는다는 사실을….

그럼에도 불구하고,

가장인 그가 식구들에게 강요하는 규칙이 있었습니다.

귀가할 때 절대 현관문의 자동키를 누르지 않는다는 것이었습니다.

그는 자신의 아버지처럼 똑같이 초인종을 눌렀고

그러면 대부분의 경우 아내가 현관문을 열어주었습니다.

이것으로 끝이 아닙니다.

하루 종일 피로를 얹고 다닌 구두를 벗기 전에

반드시 딸들이 현관에 나란히 서서

"아빠, 다녀오셨어요?" 하고 마중인사를 해야 합니다.

이 문제로 아내와 다툰 적도 있습니다.
아내는 아이들 공부하는 데 방해가 되니
시험 기간만이라도 예외를 두면 안 되냐고 했지요.
그는 일언지하에 안 된다고 했고,
이 때문에 금실 좋은 부부가 다퉜습니다.

그것은 자신의 아버지가 자신에게 강요했던 집안의 규칙이었습니다.
그때는 이해할 수 없었습니다. 어떤 날엔 싫기까지 했습니다.
그러나 이제는 아버지가 왜 그랬는지 알 것 같습니다.

현관문은 달걀껍데기와 비슷합니다.
달걀에게 껍데기 안의 세상과 밖의 세상이 있는 것처럼
그에게는 현관문 안의 세상과 밖의 세상이 있습니다.
달걀껍데기는
얼마나 쉽게 깨질 수 있는 것인가요.
매일 확인하고 싶었습니다.
자신이 오늘 하루도 이 소중한 달걀을 무사히 지켜냈다는 사실을
이 사실을 확인하는 데는 아내와 아이들의 마중 인사면 충분했습니다.
그것은 아침에 면도하고 나간 볼이 까칠해지도록 하루 종일
외로운 전투를 벌이고 돌아온 데 대한 보상이기도 했습니다.

그가 물었습니다.

그 정도 보상은 받을 만하지 않으냐고,

내가 그럴 만한 자격은 있지 않으냐고.

그러나 그때 아내는 물론이라고, 당연하다고

맞장구쳐주지 못했습니다.

'다른 집 남자들도 다 하는 걸 가지고

왜 저리 생색인지 모르겠다'고

속말을 했던 것도 같습니다.

그래도 입 밖으로 내진 않았습니다. *

빵을 살까, 복권을 살까

:

"1등에 당첨될 확률은 8백만 분의 1.
한 사람이 번개를 열여섯 번 맞을 만큼 낮은 확률이래요.
그런 복권을 왜 사요? 차라리 빵을 사 먹어요" 했더니,
도리어 이런 질문을 해옵니다.

"만약에 가진 돈이 단돈 천 원뿐이라면
빵을 사겠어요, 아니면 복권을 사겠어요?"

땀 한 방울 흘리지 않고 일확천금을 꿈꾸는 것을
비웃는 것에 대한 역습이었습니다.
평소에 복권 한 장 사본 적 없는 사람이라도
대답하기 간단치 않았습니다.

빵을 산다면 한 끼만 해결될 뿐이지만,
복권을 사서 혹시라도 당첨된다면?
아! 인생은 정말 알 수 없으니까요.
우물쭈물하자 물었던 이가 당당하게 답합니다.

"나라면, 빵 한 개의 배부름보다
일주일 동안의 설렘을 택하겠어요."

복권이 희망세라고 말한 사람은
미국의 토머스 제퍼슨 대통령이었습니다.
높은 당첨금을 탈 수 있다는 희망을 주면서도 큰 피해가 없고,
자발적으로 국가 공공사업에
호주머니 돈을 내놓는다는 뜻이었지요.
한편으로 또 누군가는 말했습니다.
복권 열풍은 사회적 분배 시스템이 공정하게 가동하지 못하는
현실을 반영한다고….

평범한 사람들 대다수가 성실하게 일하고 검소하게 생활해서
부자 되기란 번개를 열여섯 번 맞을 만큼 어려운 것이 현실입니다.
이런 엄연한 현실로부터 도피하고 싶을 때,
어떤 이들은 복권을 삽니다.

문득, 오래전, 아버지가 "용돈 주마" 하시며 꺼낸 지갑 안에
반듯하게 들어 있던 복권 한 장이 떠오릅니다.
깜짝 놀랐고, 약간 실망했고, 많이 가슴 아팠습니다.
가장으로서의 무게가
한없이 가벼운 그 복권 한 장에 실려 있었습니다. *

나도 맛있는 거 먹고 싶었지만

⋮
⋮

50대로 보이는 한 노숙자가 길거리에서 잠이 들었습니다.
경찰이 그를 보호하기로 하고 병원에 인계했는데
소지품을 살피던 병원 관계자가 깜짝 놀랐습니다.
만 원짜리 다발이 보자기와
비닐봉지에 싸인 채 무더기로 쏟아져 나온 것입니다.
그 액수가 무려 3천만 원!

이 돈은 전부 지난 30년 동안 구걸해서 모은 것이었습니다.
이 뉴스를 보고 누군가는 그 돈을 은행에 예금했으면
30년 동안 불어난 이자만도 많았을 거라고 말했고
개인적으로는 이 점이 가장 궁금했습니다.
3천만 원이나 있으면서 왜 행려 생활을 계속했을까?

혹시 아무것도 하기 싫어서,

다 귀찮아서는 아니었을까 생각했습니다.

딱히 돈을 굴려서 돈 버는 일도, 심지어 돈 쓰는 일도, 싫고 귀찮아서….

세상에 그런 사람이 얼마간 있는 것도 나쁘지 않을 것 같았습니다.

사람들 대부분이 돈을 벌고 쓰는 일에 불나방처럼 달려들 때,

'그까짓 거 나는 싫고 귀찮아서 말이야' 하는 사람,

그런 사람이라면 이 자본주의 사회에서

진정한 자유인인 것도 같습니다.

그러나 그것은 순전히 나의 대리만족을 반영한 상상일 뿐,

노숙인의 숨은 속사정은 이랬다고 합니다.

"나도 맛있는 거 먹고 싶고 좋은 옷도 입고 싶었지만

돌아가신 어머니가 눈에 자꾸 밟혀서…."

아마도 그의 어머니는 맛있는 거 먹고, 좋은 옷 입는

그 흔하디흔한 호강 한번 제대로 받지 못한 채 돌아가셨고

그것이 아들에게 평생의 한이 된 모양입니다.

그러게, 왜 그때는 적은 돈이라도 벌어서 그렇게 하지 못했을까요?

아니지요. 돈이 없어서 그렇게 못한 것이 아니지요.

그때는 너무 철이 없어서 이렇게까지 사무칠 줄 몰랐습니다.

이렇게 맛있는 거 먹고 싶을 때마다
좋은 옷 사 입고 싶을 때마다
그 얼굴이 아랫배에서부터 뜨끈하게 치밀어 올라
목울대에 걸릴 줄 몰랐습니다.[*]

여자의 가방

:

아버지가 아들에게 여자 친구 잘 만나고 있느냐고 물었더니,
아들이 멋쩍은 표정을 지으며 고개를 끄덕입니다.
어머니가 난데없는 주의를 줍니다.
"너는 여자 친구 가방 들어주지 마라. 그것처럼 꼴불견은 없더라."
어머니 가방은 한 번도 들어준 적 없던 아들입니다.
그래서 당연히 "저는 안 그래요" 할 줄 알았는데,
예상치 못한 답변을 들려줍니다.
"그게 뭐 어때서요? 여자 가방이 얼마나 무거운데요?
그 안에 얼마나 많은 게 들었는데요."
천연덕스럽게 말하는 아들이 살짝 얄밉기도 했습니다.
"그렇게 무거울 것 같으면 집에서부터 어떻게 메고 나왔겠니?
다 메고 다닐 만하니까 메고 나왔겠지."

아들은 물러서지 않았습니다.

"그래도 내가 대신 들어주면 좋잖아요."

어머니는 기가 막혀서 남자가 여자 가방 메고 다니는 게

창피하지 않으냐고 했더니, 아들은 요즘 남자들은 다 그런다면서

좋아하는 사람의 짐을 들어주는 건 당연하지 않으냐고 반문합니다.

아들의 표정은 그런 걸 꼴불견이라고 하는 엄마가

속 좁은 사람이라고 말하는 것 같습니다. 말문이 막혀

남편을 흘겨보자, 그는 유구무언이라 눈만 꿈뻑꿈뻑합니다.

오랜만에 남편과 밖에서 만나

식사하고 산책하다 집에 들어오기로 했습니다.

일찌감치 집에서 나와 서점에 들러 책 사고,

길거리에서 주방용품 두어 가지 사서 가방에 몽땅 넣었습니다.

처음에는 메고 다닐 만했는데,

걷다보니 어깨가 무척이나 아팠습니다.

못 본 척하던 남편이 멋쩍게 묻습니다.

"가방 들어줄까?"

됐다고 했습니다. 여자 가방 메고 다니는 중년의 남자라니…

누구보다 자신이 제일 창피합니다.

그래도 기분은 나쁘지 않았습니다.

좋아하는 사람의 짐을 들어주는 건 당연하다고 한 아들이
제법 대견하게 느껴집니다.
때로 이렇게 아들에게 배울 점도 있습니다.
하지만 그거는 그거고,
아들이 여자 가방 메고 다니는 모습을 상상하면…
여전히 마뜩잖습니다.

밥이나 먹자

:

동생 부부가 놀러온다고 했습니다.

언니는 모처럼 놀러오는 동생과 제부에게

맛있는 밥 한 끼 먹이고 싶어,

아침 일찍 장을 보아다 정성껏 음식을 장만했습니다.

초인종이 울렸습니다. 언니의 얼굴이 저절로 활짝 밝아집니다.

얼른 달려 나가 현관문을 열었습니다.

그런데 동생 혼자입니다.

동생의 등 뒤에 있어야 할 제부가 보이질 않습니다.

게다가 동생의 얼굴엔 운 흔적이 역력합니다.

한 번도 이런 일이 없던 동생입니다.

아니나 다를까, 동생은 거실 소파에 앉자마자

그 사람하고 못살겠다고 하더니 엉엉 울음을 터뜨립니다.

언니는 울음을 달래주지도, 이유를 묻지도 않았습니다.
그저 이 한마디를 했을 뿐입니다.

"밥이나 먹자."

일주일 후에 다시 동생 부부가 놀러왔습니다.
이번엔 진짜로 놀러왔습니다.
동생이 지난주에 있었던 일을 참새처럼 조잘거리며
남편에게 이릅니다.
내가 당신하고 못살겠다고 했는데도
언니는 밥이나 먹자고만 했다고
우는데 달래지도 않고, 무슨 일이냐고 묻지도 않고
밥이나 먹자니, 어떻게 그렇게 무심할 수 있는지 참 서운했다고.

하지만 언니는 그날 일만 생각하면
아직도 손이 떨리고 가슴이 두근거립니다.
그날 동생의 얼굴을 보자마자 불길한 예감에
머릿속이 백지장처럼 하얘지고 말았습니다.
무슨 일이냐고 물었다가
정말 큰일이라도 났을까봐 물을 수가 없었습니다.
그러면서도 '큰일 났구나, 큰일 났어. 어떡하면 좋지?'

'아! 차라리 꿈이었으면 좋겠다'는 말을
수없이 속으로 되풀이했습니다.
기가 딱 막혀서 뒷목이 뻐근하게 당겼습니다.

그러나 아무리 수십 번 기가 막혀도
자신이 동생에게 해줄 수 있는 것은 아무것도 없을 것 같았습니다.
그런 오만가지 생각 끝에 나온 말이 "밥이나 먹자"였습니다.
그날 동생이 돌아간 후에 언니는 밤새 잠을 이루지 못했습니다.
이런 언니 속도 모르고,
동생은 남편 옆에 꼭 붙어서 계속 무정한 언니 흉을 봅니다.

다행히 오늘 밤엔 편하게 잘 잘 수 있을 것 같습니다.

그리움의 맛

:

더위에 지쳐 수박만 드시는 아버지께 잡숫고 싶은 거 없냐고
여쭸더니 언제나 그렇듯 없다고 하십니다.
이럴 땐, 쉽게 포기하지 말고 잠시 기다려야 합니다.
잠시 후에 아버지가 뜸을 들이며 말씀하십니다.
"메밀국수 맛있게 하는 데가 있으면…" 하고 말끝을 흐리십니다.
장안에 메밀국수 맛있게 하기로 소문난 집을 수소문해서
모시고 갔습니다. 역시나 사람들 입소문은 가공할 만한 위력이라
줄이 꽤나 길었습니다.
기다리기 싫다며 돌아가자는 아버지를 겨우 설득해서 줄을 섰고,
마침내 자리에 앉았습니다. 메밀국수는 금방 나왔습니다.
계산을 치르고 국숫집을 나오면서 맛이 어땠냐고 여쭸습니다.
심드렁하게 대답하십니다.

"그 맛이 아니야"

그 맛이 아니라는 말씀이 이번이 처음은 아닙니다.
지난겨울에도 난데없이,
"맛있는 찹쌀떡 한번 먹어봤으면…" 하셨습니다.
그래 일부러 백화점까지 가서 비싼 찹쌀떡을 사다드렸더니
한 개 겨우 드시곤 "그 맛이 아니야" 하셨습니다.

처음엔 당황스럽고 속상했습니다. 화를 낸 적도 있습니다.
그러나 비슷한 일을 몇 번 겪고 나니
아버지가 "그 맛이 아니야" 하시면
"어떻게 그 맛일 수 있겠어요?"
능청스럽게 대꾸할 수 있게 됐습니다.

어떻게 그 맛일 수 있을까요.
아버지의 그 맛이란,
대부분 아버지의 고등학생 시절이나
그보다 더 어릴 때 먹었던 음식 맛입니다.
아버지의 아버지가 사 온 찹쌀떡이거나,
아버지가 아버지의 어머니 손을 잡고
모처럼 외출해서 먹었거나,

고등학교 시절에 친구들과 큰 맘 먹고
시내에 나가 먹었던 음식들입니다.
그러니 어떻게 그 맛일 수 있을까요.
그리움의 맛인 걸요. *

관계와 관심

.
.
.

명절 때 일가친척이 한자리에 모이면 피하기 힘든 것이 있습니다.

예를 들어, 이런 식입니다.

취업하기 전에는 "앞으로 무슨 일을 할 거니?"

결혼하기 전에는 "언제 결혼할 거냐?"

취업하고 결혼하면,

그런 추궁 비슷한 질문을 더는 받지 않을 줄 알았지만

결혼하면, "애는 언제 낳을 거냐?"

첫애를 낳은 후엔, "둘째도 낳아야지."

우스갯소리 같아도 당사자로선 적잖은 스트레스입니다.

어르신들이 바라는 변화가 없어서 해마다 같은 문답이 되풀이되면,

피할 수만 있다면 피하고 싶은 자리가 되어버립니다.

이런 관심에 대해 푸념했을 때, 어머니가 말씀하셨습니다.
"친척 간에 그 정도 관심은 당연한 거지, 너한테 관심 있는
사람이 많다는 걸 고맙게 알아라. 평생 그럴 줄 아니?"

관심으로 받아들이지 않았습니다.
딱히 할 말이 없어서 하는 오지랖으로만 여겼습니다.
어쩌면 정말 관심일지 모른다고 생각하기 시작한 것은
사회에 나와 많은 다른 사람들을 겪을 만큼 겪고 난 후였습니다.
매일 보는 사이인데도 아무런 호기심도 표하지 않는 사람들이
참 많았습니다.
매일, 몇 달, 몇 년을, 같은 공간에서 말입니다.
그들은 내가 하는 질문에는 길게 자신의 이야기를 늘어놓고
나에 대해서는 아무것도 묻지 않았습니다.

상대의 사생활에 대해 질문하지 않는 것은 예의일지도 모릅니다.
그러나 사실은 '무관심'을 '예의'라는
그럴듯한 말로 포장할 때도 적지 않습니다.

너한테 관심 있는 사람들이 생각보다 많지 않다는
어머니 말씀은 옳았습니다.
아무런 스스럼없이 관심을 표하며 질문하는 사람은

우리가 서로 관계가 있다고 믿는 사람들입니다.

그들은 나에게 질문을 하고 어떻게 답하는지 귀를 기울이면서

좋은 소식엔 함께 웃고 기뻐하고,

그렇지 못한 소식엔 걱정하며 대책을 모색합니다.

그랬던 친척 어르신들이 세월이 흐르면서 한 분, 두 분 떠나시고

허전하게 비워진 자리가 문득 눈에 밟히는 날이 있습니다. *

노인과 잘 지내는 법

:
:

"친구들이 나더러 아직도 이런 휴대폰 쓰냐고 하더라.
나도 너희들 쓰는 그런 전화로 바꿔야겠다"고 했더니,
돌아온 딸년의 대답이 이렇습니다.
"스마트폰은 노인들한테 복잡해요. 어차피 잘 쓰지도 못한다고요."
그때 딸은 손자에게 스마트폰으로 노래를 들려주고 있었습니다.

컴퓨터를 배우면 구하기 힘든 물건도 구입할 수 있고
집에서 쉽게 받아볼 수 있다는 말을 듣고
컴퓨터를 가르쳐달라고 했더니,
아들놈은 5초도 고민하지 않고 대꾸합니다.
"할머니가 컴퓨터는 배워서 뭐하시게요? 괜히 눈만 피곤해요."
그러는 저는 하루에 두세 시간 넘게 컴퓨터 앞에 앉아 있습니다.

극장에 가서 영화를 보고 싶다고 하면,

노인들이 볼만한 영화가 없다고 하고

명절이나 생일 때 선물이라고 사오는 옷을 보면

진짜 노인네들이 입는 옷 같아서 영 마음에 들지 않습니다.

자식들이 이렇게 부모를 모르나 싶어 서운합니다.

노인이 되면 취향도 욕망도 없어지는 줄 압니다.

저희들 눈에는 노인은 앉아서

저승길 가는 준비만 남은 사람으로만 보이는 모양입니다.

남은 생, 자식 위하며 사는 것이

그나마 가장 중요하고 보람 있는 것 아니냐고

시키지도 않은 착각들을 합니다.

그러나 그런 착각과 오해야말로 불효입니다.

연로하신 부모님과의 충돌이 그래서 생기는 걸지 모릅니다.

노인도 나와 똑같이 욕망하는 존재입니다.

가끔은 신선하고 새로운 것에 자극받고 싶고,

친구들과 경쟁의식을 느끼며

미운 것은 여전히 밉고, 좋은 것은 좋고

주위 사람들에게 존중받고 사랑받고 싶습니다.

하긴…

세상에 변두리 인생 취급 받고 싶은 사람이 어디 있을까요.

나이가 어리든, 많든 말이지요.
그렇게 이해하면 어렵고 까다롭게 여겨지는
노인과의 관계 맺기가 훨씬 수월해질 수 있습니다.*

지겨운 유언비어

:
:

할아버지는 잠에서 깨자마다 라디오부터 켰습니다.
뒤에 자기 몸통보다 커다란 '빳데리'를
고무줄로 친친 감아 메고 있던 트랜지스터였습니다.
아직 해도 뜨지 않은 어슴푸레한 새벽에
라디오에서는 우리 가락이 흘러나왔고,
할아버지는 한동안 누워서
라디오에서 나오는 음악을 감상했습니다.
국악을 틀어주는 프로그램이 끝나면
손을 길게 뻗어 동그랗게 생긴 다이얼을 돌려
다른 주파수에 맞췄는데,
신기하게도 어김없이 오늘의 기상예보가 나왔습니다.

한참의 세월이 흐른 후에도 기억에 남는 것은
서해 먼 바다, 남해 먼바다, 동쪽 먼바다, 라는 말로 시작하던
들어도 무슨 소린지 이해하기 힘든 바다 날씨였습니다.
아나운서의 '먼바다'라는 말이
신기한 세계의 낯선 외국어처럼 들렸습니다.

휴대용 FM 라디오 겸 카세트가
최고의 선물이던 시절이 있었습니다.
심야 음악 방송을 들으면서 팝과 영화음악을 접했고,
TV에 잘 나오지 않는
언더그라운드 가수들의 노래를 들었습니다.
라디오 방송을 놓치기 싫어서 라디오를 학교에 가지고 가
선생님 몰래 들으면서 마음을 다른 곳으로 보낸 적도 많았지만,
어쩌다 며칠 듣지 못하다 켜도 변함없이 그 자리에 있던
라디오 방송과 DJ가 식구처럼 정겨웠습니다.
그 시절에 라디오 음악 방송을 들으면서
누구는 가수를, 누구는 작가를, 또 누구는 DJ가 되기를 꿈꾸었고
머지않아 꿈을 현실로 만든 이도 적지 않습니다.

무엇보다 라디오를 듣는 동안에는 그곳이 어디일지라도
아늑한 내 공간이 생기는 것 같아서 푸근했습니다.

많은 사람이 라디오의 종말에 대해 이야기합니다.
그러나 움베르토 에코가
'종이책의 종말은 네스 호의 괴물처럼 지겨운 유언비어'
라고 했던 것처럼
라디오의 종말에 대해서도 비슷하게 말할 수 있지 않을까요?

라디오의 종말은 네스 호의 괴물처럼 지겨운 유언비어이고,
그리고 그처럼 가족의 해체, 가족의 종말 등등도 역시 그러하다고….*

'그냥'이라는 말

⋮

아내와 시집간 딸의 통화는 길었습니다.

옆에서 듣자하니 특별한 내용도 없습니다.

심지어 두 사람과는 아무런 상관도 없는 연예인 이야기며

드라마 이야기가 한참 이어집니다.

그는 나중에 집에 놀러온 딸에게 물었습니다.

"너는 엄마하고 매일 무슨 통화가 그렇게 기냐?"

딸이 말했습니다.

"그냥이요."

그냥 무슨 할 말이 그리도 많을까요. 그것도 매일.

한마디해줬습니다. 전화는 용건만 간단히 하는 거라고.

딸은 가타부타 말이 없었습니다.

아무래도 둘은 자기 몰래 계속 길게 통화하는 것 같습니다.

맹물처럼 싱거운 말, '그냥.'
그러나 누가 말끝을 흐리며 '그냥'이라고 말한다면
그냥이 아니라는 강력한 신호입니다.
36.5도 따뜻한 체온이 필요하다는 뜻입니다.
사람과 사람 사이에 줄 수 있는 것이
사실은 단지 그뿐일 때가 많습니다.
그냥 어깨에 손을 얹어주면 되는데
그거 하나 제대로 못해서
얼마나 많은 관계가 파국을 맞을까요.

사람과 사람 사이에, 특히 가족 사이에
"용건만 간단히"는 금물.
목적 없는 순수함으로 그냥 주고받는 말들
그냥 함께한 시간이 쌓여 친밀해지고 깊어집니다.
그냥 좋은 것이 정말 좋은 것입니다. *

아무렴, 해놓은 것이
아무 것도 없을까

6부

그까짓! 하면서

:

여우는 오랫동안 굶주려서 배가 몹시 고팠습니다.

뭐라도 먹을 요량으로 주변을 둘러보니,

마침 포도밭이 보였습니다.

나무마다 잘 익어 탐스러운 포도송이가 주렁주렁 열려 있습니다.

저 포도만 먹어도 소원이 없을 것 같습니다.

아니, 무슨 일이 있어도 저 포도를 꼭 먹어야겠습니다.

그래야 살 수 있을 것 같습니다.

있는 힘껏 뛰어올랐습니다. 어림도 없습니다.

계속 뛰어올랐습니다.

너무 힘들면 잠시 쉬었고, 그러다 다시 뛰어올랐습니다.

닿을 듯 닿을 듯 결코 닿지 않는 먹음직스러운 포도송이.

배고픈 여우는 포도를 갈망했고
포도를 따 먹기 위해 최선을 다해 있는 힘껏 뛰었습니다.
그런데도 끝내 포도를 따 먹을 수가 없습니다.
이때, 여우가 할 수 있는 것은 무엇일까요.

"나는 실패했다. 행운은커녕 노력한 만큼도 일이 풀리질 않는다."
자기 연민에 빠져 신세를 한탄하고 세상을 원망하다가는
포도밭 주인한테 잡혀서 가죽까지 벗겨질지 모릅니다.
"그까짓 익지도 않은 포도 따위! 잘못 먹으면 위궤양에 걸릴 거야!"
그러고 돌아서도 괜찮습니다.

지금 당장 죽을 것 같은 이 배고픔에 대해서 호기롭게 그까짓!
너무 간절하게 먹고 싶었던 포도송이에 대해서
그까짓! 하고 외쳐봅니다.
남들 눈엔 비겁한 자기 합리화로 보일지 몰라도
어쩐지 아까보다 견딜만 해집니다.

죽을 것처럼 괴로운 일이 있다면 그까짓! 외쳐봅니다.
그러고 나면, 벌어진 일 때문에 괴로운 것인지,
그 일을 자꾸만 과장하는 내 안의 감정 때문에 괴로운 것인지
판단할 수 있습니다.

나의 전부처럼 소중한 것들에 대해서도
그까짓! 하고 외쳐봅니다.
진정한 사랑인지, 부질없는 집착인지
경계선이 드러납니다. *

아무렴,
아무것도 해놓은 것이 없을까

:
:

너는 그 나이가 되도록 해놓은 게 무어냐는
어머니 말씀이 아무렇지 않다면 거짓말입니다.
앞에서는 실없이 웃어도, 돌아서면 묵직한 진통입니다.
더구나 이 나이를 먹고 나면
굳이 누가 면전에서 그런 아픈 말을 하지 않아도
스스로에게 묻게 됩니다.
"너는 그 나이가 되도록 해놓은 게 무어냐?"

가을 저녁, 바람도 스산한데
노랗게 가스등을 밝힌 포장마차 앞을 지나게 되었습니다.
하얗게 더운 김을 뿜어 올리는 어묵이며
절로 군침 돌게 하는 새빨간 떡볶이며

그 밖에 꼬치며 튀김이며 푸짐합니다.

들어가서 먹고 싶은 것을 마음껏 주문했습니다.

아직 음식을 먹기도 전인데 괜히 뿌듯해졌습니다.

그동안 아무것도 안 하고

이 나이를 먹은 건 아닌 것 같은 기분에서였습니다.

늘 배고팠고, 늘 돈이 없던 시절이 있었습니다.

읽고 싶은 책도 많았고, 듣고 싶은 음악도 많았고

가고 싶은 곳도 많았던 시절입니다.

제한된 용돈으로 그걸 다 하려면,

먹는 문제를 희생할 수밖에 없었습니다.

하고 싶은 대로 다 하고, 집으로 돌아가는 길.

극심한 허기가 몰려왔습니다.

10분만 걸어가면 집인데, 그 10분을 걸어갈 힘도 없었습니다.

마침 포장마차가 눈에 들어왔습니다.

어묵 한 꼬치만 먹어도 소원이 없을 것 같았습니다.

그러나 호주머니엔 고작 2백 원밖에 없었습니다.

포장마차가 선불제가 아니라서 참 다행이라는 생각을 하며

간 크게도 두 개나 먹어치웠습니다.

다 먹고 남은 꼬치 두 개를 내려놓으면서

조마조마한 마음으로 아주머니에게 말했습니다.

"아주머니 죄송해요. 제가 2백 원밖에 없어서요."
하고, 백 원짜리 동전 두 개를 빈 꼬치 옆에 내려놓고
후다닥 도망치듯 포장마차를 빠져나왔습니다.

그때 주인아주머니의 황당해하던 표정과
스스로 낯 뜨거웠던 기억이 아직도 생생합니다.
그러나 오늘 나는 포장마차에서 먹고 싶은 걸
마음껏 당당하게 먹을 수 있습니다.
그러니 너는 그 나이가 되도록 해놓은 것이 무어냐는 물음은
아무리 생각해도 지나칩니다.

아무렴, 아무것도 없을까요.

반성하지 말아야 할 때도 있다

:

하루의 일과를 모두 마치고
집으로 돌아오는 길에도 떠올랐습니다.
집에 돌아와 저녁밥을 먹으면서도 떨쳐버리지 못했습니다.
그 생각들은 잠자리에 누워서도 계속 따라붙었습니다.
낮에 회사에서 저지른 실수에 대해서입니다.
늘 하던 일인데 그런 어처구니없는 실수를 하다니
참 한심합니다.
완벽하지 못한 스스로에게 분노를 느낍니다.

그래도 부장님은 굳이 그렇게까지 사람들 다 보는 데서
큰 소리로 잘못을 지적할 필요가 있었을까?
다른 사람들이 날 어떻게 볼까?

다른 사람들도 그래, 하면서 감싸주는 것까진 바라지 않더라도
내 눈을 피하는 건 뭐람? 마치 내 실수나 불운이
전염되기라도 할 것처럼….

잘못이나 실수에 대한 반성을 똑바로 하기는커녕,
스스로에 대한 분노와 다른 사람에 대한 원망이
눈덩이처럼 불어납니다. 이런 상태로 나이만 먹을
10년 후 자신의 모습을 그려보자니 캄캄하기만 합니다.

아침에 생각하고, 낮에는 행동하며, 밤에는 반성하면
인생의 고뇌가 적어질 거라고 했습니다.
그러나 반성하지 말아야 할 때가 있습니다.
스스로가 한심하게 여겨지고, 사람에 대한 증오심이 느껴질 때…
그럴 땐 반성하지 말라고 합니다.
독일의 철학자 프리드리히 니체가 《아침놀》에 이렇게 썼습니다.

이렇게 되는 까닭은 당신이 지쳐 있기 때문이다.
피로에 젖어 지쳐 있을 때 냉정히 반성하기란 결코 불가능하기에
그 반성은 필연적으로 우울이라는 덫에 걸려들 수밖에 없다.
지쳤을 때는 반성하는 것도, 되돌아보는 것도
일기를 쓰는 것도 하지 말아야 한다.

그러면 반성도, 되돌아보는 것도

일기를 쓰는 것도 하지 말고 무엇을 해야 할까요.

그저 충분한 휴식을 취하라고 합니다.

평소보다 훨씬 더 많이 잠을 자는 것도

좋은 방법 중에 하나입니다.

잠으로 피로를 풀고 나면 적어도 반성할 기운이 생길 테니까요.

우울하지 않은 '냉정한 반성' 말입니다. *

찾고 싶은 것만 찾는다

:
:

어떤 의미에서 사람의 일생이란
끊임없이 무언가를 찾아다니는 여정입니다.
휴대전화나 지갑, 수첩을 잃어버려서 찾을 때도 있고,
각종 아이디나 비밀번호를 잊어버려서 찾을 때도 있지요.
가지고 있던 것을 잃어버리거나 잊어버려서 찾고 다닙니다.
그런가 하면, 갖지 못해 갖고 싶어서 혹은
가져야 하기 때문에 찾아다니는 것들도 있습니다.
직업과 돈, 친구와 사랑, 희망과 꿈….

어디에 뒀는지 도무지 기억나지 않는 물건처럼
쉽게 찾아지지 않아 답답하고
이러다 영 찾지 못하는 것이 아닐까, 두려워집니다.

그럴 때면, 더 이상 갖고 싶은 것도
필요한 것도 없이 살 수 있으면 얼마나 좋을까,
얼마나 평화로울까? 꿈꿔보지만…
막상 실제가 되면 무료하고 권태로울지도 모르겠습니다.
영원한 술래가 돼서
끊임없이 찾기만 해야 한다고 생각하면 끔찍해도
찾아낸 순간의 짜릿한 기쁨만큼은
삶의 원동력이 될 수 있기 때문입니다.

삶이란 의외로 무생물체 같은 구석이 있어서
그냥 내버려두면,
그 자리에 가만히 버티고 앉아 나를 쳐다만 봅니다.
나를 위해서 호의적으로 알아서 움직여주는 법은 거의 없지요.
그러니 내가 먼저 움직여 찾아야 합니다.

이 삶에서 무엇을 찾을 수 있을지는
보는 사람에 따라서 다른 것이 보이는 비트겐슈타인의 그림 같습니다.
투우사를 찾으면 투우사가 보이고
성난 황소를 찾으면 성난 황소가 보입니다.
무엇을 찾아도 잘못 찾는 법은 없습니다.
찾고 싶은 걸 찾게 돼 있습니다.

그러니 사실은 진심으로 간절히 원하면서
못 찾을 거라고 미리 포기하지 마세요.
포기한 상태를 마음이 평화로운 상태와 헷갈리지 마세요.
언제나 이 말을 기억하세요.

"그대가 찾고 있는 그것도 실은 그대를 찾고 있으니
가만히 기다리고 있으면 곧 당도하리라." *

기억력을 향상시키기 위해서

:
:

얼굴은 떠오르는데 이름이 기억나지 않습니다.

줄거리는 알겠는데 제목이 가물가물합니다.

아는 것도 아니고 모르는 것도 아니고

곧 기억날 것도 같고 아닐 것도 같고

뇌가 마구 간지럽다고나 할까요.

그 사람의 소식을 전하고 싶은데 이름이 기억나지 않아 애먹고

그 소설이나 영화에 대해 말하려던 것이 있었는데

제목이 떠오르지 않아 그 생각하다

정작 말하려는 본론을 까맣게 잊어버립니다.

이런 비슷한 기억력을 가진 두 사람이 이야기 나누는 모습을

지켜본 후배가 뒤에서 소리 내어 웃습니다.

난데없는 웃음소리를 듣고 왜 웃느냐고 물으니
같이 웃을 수도, 울 수도 없는 대답을 들려줍니다.
"지금 두 분이 나누는 이야기가 얼마나 재밌는지 아세요?
대화의 절반 이상이 그거, 거기, 그 사람이에요.
그런데도 뜻이 통하니 참 신기하네요."

신은 나이 든 사람의 기억력을 감퇴시키고
대신 이해력을 주시는 모양이라고 농담하면서도
무슨 수를 써야 하지 않을까 생각했습니다.
그러다 기억력 부문 세계 기네스 기록을 보유하고 있다는
에란 카츠의 인터뷰 기사를 봤습니다.
이런 놀라운 선언을 했습니다.

"이전 기억을 지우면 새로운 것을 기억할 수 있는 공간이 뇌에 생긴다."

그럴듯했습니다. 나이 든 사람의 기억력이 떨어지는 것은
젊은 사람보다 기억하고 있는 것이 너무 많기 때문입니다.
그리고 그중에는 좋지 않은 기억, 나쁜 기억도 많지요.
만약에 나쁜 기억만 깨끗하게 지울 수 있다면
새로운 것을 기억할 수 있는 공간이 얼마나 넓게 생길까요.
상상만 해도 시원합니다.

그러니까 나도 기억력이 좋아질 수 있는 것입니다.
그런데 나쁜 기억은 어떻게 해야 지울 수 있을까요?
에란 카츠는 말합니다.
"나쁜 기억을 지우는 가장 좋은 방법은 용서"라고요.
감정을 지우고 진심으로 용서할 때 나쁜 기억은 사라진다고요.

그 말을 듣고야 깨달았습니다.
왜 오래전 나쁜 기억을 아직도 잊지 못하는지,
기억력이 왜 점점 떨어지는지….*

오히려 잘됐다

:

세계 문학사에서 '잃어버린 보물'이라고 하면,

미국의 소설가 어니스트 헤밍웨이가 1922년에 잃어버린

원고 뭉치를 빼놓을 수 없습니다.

당시에 아직 무명작가에 불과하던 그는 아내와 함께 파리에

머물고 있었습니다.

신문사 특파원을 하며 생계를 유지하며 틈틈이 단편소설을 썼는데

그 초창기의 원고를 몽땅 분실하고 만 것입니다.

손으로 쓴 초고, 타자기로 친 원고, 그리고 사본까지.

말 그대로 '몽땅'이었습니다.

아내가 그 원고들을 모두 가방에 넣어 로잔에 있던 그에게 오던 중

리옹 역에서 가방을 도둑맞았기 때문이었습니다.

작가에게 원고 분실은 교통사고보다 더 지독한 불운입니다.

그때의 절망이 얼마나 컸는지,
헤밍웨이는 더는 글을 쓸 수 없으리라 생각했을 정도였습니다.
그런데 자존심 강한 사람들은 깊은 절망에 빠질수록
오히려 괜찮다고 큰소리를 치는 경향이 있지요.
헤밍웨이도 그랬습니다.
자책하는 아내와 걱정하는 친구들을 향해 가슴 아파하지 말라고
초기 작품들을 잃어버린 것은
나를 위해 차라리 잘된 일인지도 모른다고
다독이면서, 다시 단편을 쓸 계획이라고 말했습니다.

그것은 거짓말이었습니다.

그런데 신기한 일이 벌어졌습니다.
거짓말이 어느 순간 진심이 되었고, 진심이 결심을 끌어왔습니다.
더 이상 단편이 아닌 장편소설을 쓰기로 마음먹은 것입니다.
장거리 달리기를 연습하듯이 조금씩조금씩
긴 글을 쓰는 훈련을 했고
그 결과물이 첫 번째 장편소설, 《태양은 다시 떠오른다》입니다.

이 작품으로 헤밍웨이는 문단의 호평을 이끌어내며
작가로서 드디어 주목받기 시작합니다.

원고를 잃어버린 것이 오히려 잘된 일이라고 한 거짓말이
현실이 된 것입니다.

그런가 하면, 이런 어처구니없는 경우도 있습니다.
영국의 사상가 토머스 칼라일이 《프랑스 혁명사》 원고를
2년여에 걸쳐 완성한 후에 친구인 존 스튜어트 밀에게
감수를 부탁했습니다.
밀이 한 달 만에 감수를 끝내고 원고를 돌려주려고 원고를 찾았는데,
온 집 안을 샅샅이 뒤져도 도무지 찾을 수가 없었습니다.
하녀에게 원고의 행방을 물었더니 하는 말이 이랬습니다.
"쓸모없는 종이 뭉치인 줄 알고 벽난로 불쏘시개로 써버렸어요."
2년 동안 애간장을 녹이며 쓴 원고가
불쏘시개 따위가 되어 재가 돼버리다니,
원고의 주인인 칼라일의 낙심이 얼마나 컸을까요.

신의 뜻으로 받아들이고 포기해야 하는가, 아니면 다시 써야 하는가?
하루에도 열두 번 생각했을 겁니다.
그렇게 우울한 나날을 보내던 어느 날,
벽돌공이 벽돌을 한장 한장 쌓는 모습이 그에게 깨우침을 주었고
원고는 다시 쓰는 과정에서 더욱 알찬 내용이 되었습니다.
《프랑스 혁명사》는 토머스 칼라일을 뛰어난 사상가로 만들었습니다.

불운 또한 운입니다. 내 힘으로 도저히 어찌해볼 도리가 없는 것.
그래서 많은 사람이 불운을 포기해야 한다거나
단념해야 한다는 등의 메시지로 해석합니다.
헤밍웨이와 칼라일 또한 처음에는 그렇게 생각했을 것입니다.
아무래도 나는 그럴 운이 아닌가보다.
하늘도 이렇게 훼방을 놓잖아.
이런 식이면 앞으로도 가망성이 없을지 몰라.
그러나 불운의 진실이 무엇인지
헤밍웨이의 거짓말에 들어 있습니다.

"나를 위해 차라리 잘된 일이야."

지금까지는 연습에 불과했습니다.
불운까지 연습했으니 마음의 준비까지 마쳤습니다.
이제부터 진짜 시작입니다.
두 번째였기 때문에 방법과 내용은
이전보다 오히려 탁월한 것이 되었습니다.

행운이 불운의 시작이 될 수 있는 것처럼
불운이 행운의 시작이 될 수 있습니다.

그렇게 만들 수 있는 비결은

단점이나 불행, 불운 등을 지렛대로 삼을 수 있는 힘에서 옵니다.

나빴던 것들이 나의 존재를,

나의 생을 들어 올리는 지렛대가 될 수 있습니다.

'오히려' 말입니다. *

밟힐수록 좋다

. . .
. . .
. . .

스트레스를 받으면 심장이 뻐근하게 조여옵니다.
실체 없는 누군가가 내 심장을 밟고 올라가
꾹꾹 누르는 것 같습니다.
심장이 밟히는 것 같습니다.
거기에 무엇이 들어 있느냐 하면,
자존심이 들어 있고, 희망이 들어 있고, 생명이 들어 있습니다.
밟힐 때마다 그 소중한 것들이 납작해져
곧 사라지고 말 것 같습니다.

우리나라 길가에서 흔히 볼 수 있는 질경이라는 식물이 있습니다.
줄기는 없고, 잎이 뿌리에서 뭉쳐 나오는 바로 그 풀입니다.
원래 산속에 살던 질경이가 사람들 사는 길가로 나온 데는 그만한 곡절이 있습니다.
남들보다 하도 작고 납작해서 경쟁자가 많은 산속에서는
번식할 방법이 없었습니다.
질경이가 살아남기 위해 선택한 방법은 바로 '밟히기'였습니다.
작고 납작하니까 밟히기도 쉬웠습니다.
질경이의 열매는 밟히는 순간
팍! 하고 뚜껑을 열어 씨앗들을 밖으로 쏟아냅니다.
질경이의 씨앗에는 끈적이는 성분이 있어서
사람들의 신발이나 자동차 타이어에 붙어 멀리 퍼져나갑니다.
만약에 질경이가 새로운 세상에 적응하는 것이 두렵고
밟히는 것이 두려워 그대로 산속에 살았더라면
혹은 어떻게든 되겠지, 싶은 막연한 희망 속에 주저앉았더라면
멸종하고 말았을 것입니다.

그러나 질경이는 두려움에 속지 않았고,
막연한 희망에도 속지 않았습니다.
작고 납작한 데다 생김새도 보잘것없지만,
살아남아야 한다는 오로지 그 목표에만 충실했습니다.
밟힐 때마다 씨앗 속에서 터져 나온 것은
자존심이자 희망이고 생명이었습니다.
밟히면 밟힐수록 그 소중한 것들이 멀리멀리 퍼져 나갔습니다.

그래서 이제 사람들은 산속에서 길을 잃었을 때
질경이를 발견하면, 가슴을 쓸어내리며 안도합니다.
질경이를 따라가면 꼭 길이 나오기 때문입니다.
이것이야말로 진정한 강인함입니다. *

조금만 더 가면 됩니다

:
.

"도착 지점에 도착하였습니다."
내비게이션이 알려주었지만,
그곳은 도착 지점일 뿐, 목표지점은 아니었습니다.
목표 지점은 내비게이션에 잡히지도 않고
차도 더는 진입할 수 없었습니다.
어쩔 수 없이 차에서 내려 이 낯선 길을 걷기로 합니다.
지나가는 동네 주민에게 그곳이 어디쯤이냐고 물었습니다.
환하게 웃는 얼굴로 조금만 가면 된다고 말해줍니다.
다행입니다. 조금만 더 가면 된다니,
발걸음도 가볍게 그곳으로 향합니다.

하지만 조금 더 갔는데도 그곳은 나타나지 않았습니다.

마주친 동네 주민에게 다시 물었습니다.
얼마나 더 가야 하냐고….
동네 주민은 손가락으로 길을 가리키며 알려줍니다.
조금만 더 가면 된다고.
길은 산길로 이어지고 있어서 돌아가고 싶은 충동이 솟구쳤지만,
조금만 더 가면 된다니 가보기로 합니다.

비탈진 산길을 오르느라 다리가 후들거리고
목에서 쇳내가 올라옵니다.
잠시 앉아서 숨을 고르는데 산에서 내려오는 사람이 알려줍니다.
조금만 더 가면 된다고
쉬면 더 힘드니까 얼른 일어나서 가라고….

그러나 아무리 가도 가도 그곳은 여전히 보이지 않고
차오른 숨 때문에 가슴이 터질 것 같습니다.
조금만 더 가면 된다고 알려줬던 사람들
멱살이라도 잡고 싶은 심정입니다.

'조금만'에 대한 기준이 서로 달라서 벌어진 일이겠지요.
그러나 길 위에서 만난 사람들이
조금만 더 가면 된다는 말을 해주지 않았다면,

그 먼 길을 갈 엄두조차 내지 못했을 것입니다.

길이란 아마도 그렇게 가는 거겠지요.
오늘 조금만 더
지금 조금만 더
징검다리를 놓아가며 내를 건너 산을 넘어
끝까지 가는 거겠지요.

왜 노력해야 하지?

:
:

몇 날 며칠 몰아친 태풍에 이리저리 휘둘려
곧 뿌리째 뽑힐 나무처럼 위태로웠습니다.
이대로 끝인가보다, 단념하려고 했습니다.
지금까지 피땀 흘리며 기울인 수많은 노력이
과연 무슨 소용이며, 어떤 가치가 있었을까,
회의감이 뼛속에 사무쳤습니다.
가진 것을 모조리 쏟아부어도 실패를 모를 수는 없습니다.
실망이나 낙담을 모르고 전진만 할 수는 없습니다.
그것이 삶의 진실이라고 해도 원하는 결과가 나오지 않을 때면
어쩔 수 없이 스스로에게 묻게 됩니다.

"왜 이렇게 노력해야 하지?"

그 물음에 누군가 현명한 대답을 들려줬습니다.

"당신이 스스로를 존경할 수 있게."

그 말을 듣고 정신을 차렸습니다.
지금 당장은 실패가 고통스러울 수 있습니다.
그러나 먼 훗날에 실패보다 더 고통스러운 것은
더 노력할 수 있었는데, 그 기회를
스스로 버렸다는 사실일지 모릅니다.
오세영 시인은 〈그렇지 않더냐〉는 시에서 이렇게 말합니다.

> 모든 추락하는 것들이
> 거듭나나니
> 땅에 떨어져 새싹을 틔우는 씨앗이
> 그렇지 않더냐
> 모든 금간 것들이 또
> 새로운 세상을 여나니
> 깨져 자신을 버림으로써 싹 틔우는 씨앗이
> 그렇지 않더냐

기억했으면 좋겠습니다.
우리는 모두 하나의 씨앗,
추락하고, 금가고, 깨지는 것은
새싹을 틔우고, 새로운 세상을 여는 과정이지
결코 결과가 아니라는 사실을요.*

굳은살

⋮

식당 아주머니가 한 손으로 태연하게 공깃밥을 건네길래
아무 생각 없이 받아 들었다가 앗, 뜨거! 놓쳐버리고 말았습니다.
엎어진 밥그릇을 무안하게 쳐다보다,
"아주머니는 뜨겁지 않으세요?" 물으니, 하얀 박꽃처럼 웃습니다.
아주머니의 손등은 거칠고 두터웠습니다.
손바닥에는 주름이 많아 손금도 구분하기 어려웠습니다.
곱고 부드러운 손이 터지고 쓰리고 여물 사이도 없이 또 터지고,
수없이 반복하는 사이 굳은살이 박였겠지요.
굳은살이 생기기 전에는 많이 아팠을 텐데,
생기고 나니 뜨거움에도 차가움에도 무감각해진 모양입니다.
잘은 모르지만
그녀가 살아온 세월도 크게 다르지 않을 것입니다.

그런데 그 마디마디 박인 굳은살이 누군가에게는
목표가 되기도 합니다.
하루에 열아홉 시간씩 연습하느라 뼈가 뒤틀리고 굳은살이 박인
발레리나 강수진 씨의 맨발 사진을 보고,
나도 저런 발이 될 때까지 연습하겠다고 다짐하던
미래의 발레리나 소녀가 있었습니다.
소녀는 3년 전의 다짐을 잊지 않고 지금 꿈을 이루어가는 중입니다.

연주자의 손도 운동선수의 발과 크게 다르지 않습니다.
드러머와 악수를 하면 두껍고 거친 손바닥이 단번에 느껴지고
기타리스트의 손가락 끝은 딱딱합니다.
해금 연주자의 손은 마디마다 굳은살이 툭툭 불거져 있고
노래하는 가수라고 예외가 아니라서 중견 가수들은
너나없이 성대결절입니다. 성대에 굳은살이 박혔습니다.
그래서 데뷔 초보다 목소리가 훨씬 커지고 허스키해집니다.

굳은살은 남이 모르는 훈장입니다.
그만큼 치열하게 살았고, 최선을 다했다는 증거입니다.
그래서 성과에 관계없이
아낌없이 존경과 박수를 받아야 할 훈장입니다.
마음에 박인 굳은살 또한 그렇습니다.

뜨겁게 달아올랐다가, 상처받아서 쓰렸고 식어버렸습니다.
다행히 다시 뜨거워질 수 있었지만
또 상처받고 말아 박여버린 굳은살은
그만큼 치열하게 가슴이 뛰었다는 증거입니다.

그래서 이렇게 생각하고 싶어졌습니다.
굳은살 박인 손과 발을 갖고 나서
더 멋진 기량과 실력을 펼치는 연주자들과 선수들처럼
굳은살 박인 가슴으로 앞으로 더 잘할 수 있는 것이 많을 거라고,
가슴에 딱딱하게 박인 굳은살 때문에
'다시는 못하게 되었다'가 아니라
'현명하고 지혜롭게 잘할 수 있었다'고 말하게 될 날이 올 거라고….

괜찮다

. .
. .
. .

스티브 잡스는 괜찮은 상태를 경계했습니다.
"당신이 무슨 일을 하는데 그게 상당히 괜찮은 일이라면
당신은 다른 일, 뭔가 멋지고 놀랄 만한 일을 찾아야 합니다.
그 일에 오래 머무르지 마십시오.
다음 번에 어떤 일이 있을지 생각해야 합니다."
그가 성공 신화의 주인공이 될 수 있었던 비결일지 모릅니다.
"이 정도면 괜찮겠지." 심지어 "이 정도면 상당히 괜찮지."
정도로 타협하는 건 어림없어서요.

그러나 그것은 어디까지나 '일'에 관해서입니다.
만약에 사랑이나 삶에서
이 정도면 괜찮지, 상당히 괜찮지, 라는 타협을 할 줄 모른다면,

그것이야말로 확실하게 불행해지는 방법입니다.
욕망이나 불안으로 날뛰는 마음 역시
이 말에 고삐를 매어놓는 것이 필요합니다.
"괜찮다, 괜찮다, 다 괜찮다."

그렇게 말해도 어른이 되면 압니다.
누군가 나에게 아무리 괜찮다고 말한들,
상황이 나아지진 않습니다.
누군가 나에게 "괜찮아, 괜찮아질 거야"라고 말한다면
사실은 누가 봐도 상황이 좋지 않다는 뜻입니다.
그래서 이 좋지 않은 상황에서 한시라도 빨리 벗어나고 싶어
발버둥을 치지만 억지로 그러면 그럴수록
올가미가 더 바짝 조여듭니다.
이런 일을 몇 번인가 겪고 나면
내가 나에게 해야 할 지혜의 언어를 터득하게 됩니다.
"괜찮다, 괜찮다, 다 괜찮다."

어떤 일은, 어떤 상처는 그냥 괜찮은 척,
내버려두는 것이 현명할 수 있습니다.
내버려두면 괜찮은데 괜히 들쑤셔서 덧나기 때문입니다.
물론, 들쑤시는 누군가가 나타나면

무방비 상태로 당해서 상처가 더 깊어질 수도 있지만,
그럴 때에도 내가 나에게
"괜찮다, 괜찮다, 다 괜찮다."

그래야 다시 길에 나설 수 있기 때문입니다.
그렇게 스스로 힘을 내고 살면 됩니다.
다들 그렇게 힘을 내고 살아갑니다.
"괜찮다, 괜찮다, 다 괜찮다."
그런 마음으로 세상을 바라보면
솔직히, 괜찮지 않을 이유가 별로 없습니다. *

꿈은 꿈일 뿐이라는 사람들에게

.
.
.

우연히 라디오에서 반가운 음성을 들었습니다.

난생처음 듣는 새로운 노래였고, 가수와 곡목 소개를 듣지 못했지만

누가 부르는지 단박에 알 수 있었습니다.

10년도 훨씬 전에 그녀가 한 말을 기억합니다.

"저는 스캣으로만 노래 부르는 게 꿈이에요."

가수가 가사 없는 노래(scat)를 부르는 것이 꿈이라니, 신기했습니다.

자신의 몸을 악기로 만들고, 목소리를 선율로 만드는 것이

꿈이라고 말하는 것 같았습니다.

무엇보다 가사 없는 노래를 대중이 얼마나 좋아할지

의심스러웠습니다.

그랬던 그녀가 세계적인 재즈 페스티벌 무대에 서서

처음부터 끝까지 오로지 스캣으로 노래하고 있었습니다.

많은 사람이 20대 시절의 꿈을 잊어버리고 살 때,
그녀는 수십 년에 걸쳐 차근차근 자신의 꿈을 향해 나아갔고
마침내 실현했습니다.

꿈은 꿈일 뿐이라고 말하는 사람이 적지 않습니다.
이루어질 가능성이 현실적으로 지극히 낮다는
논리에 의거해서입니다.
그들은 자신의 꿈을 열정적으로 말하는 사람에게
진지하게 귀 기울여주지 않으며
더 살아보라는 그럴듯한 충고를 합니다.
그러나 그렇게 날아오를 곳도 떨어질 곳도 없이 살다가
오랜 세월이 흐른 후, 자신의 꿈을 이룬 사람을 만나면
뭐라고 변명해야 할까요?
꿈을 이룬 사람에 대해서가 아니라
자신의 단 한 번뿐인 인생에 대해서….

꿈꾸고 싶은 것은 마음대로 꿈이라도 꾸었으면 좋겠습니다.
되고 싶은 것이 있다면 되도록 노력했으면 좋겠습니다.
늦었다고 생각했을 때 늦은 게 맞지만
그나마 오늘이 남은 인생의 가장 빠른 날이니,
당장 시작했으면 좋겠습니다.

꿈은 성공이냐 실패냐가 아니라,

꾸는 사람과 꾸지 않는 사람이 있을 뿐입니다.

꿈꾸기를 포기하지 않는다면

결국엔 한 걸음씩이라도 나아가게 돼 있으니까요. *

잘될 조짐

:

세상에는 수많은 무명인이 존재합니다.

그녀 역시 무명작가였습니다.

이른 나이에 세간의 주목을 받으며 등단했을 때에는

앞으로 경천동지할 작품을 써내리라,

위풍도 당당한 꿈을 꾸었습니다.

그러나 십수년 째 경천동지는커녕 문단에서조차

그녀의 이름을 알지 못합니다.

5년째만 해도 자신을 알아주지 못하는 세상을 원망했습니다.

그래도 여전히 미래의 유명 작가였습니다.

7년이 넘어가자 자신에게 재능이 없는 것은 아닐까,

좌절하고 갈등했습니다.

그렇게 10년이 지나고 주변 사람들이 그녀 앞에서

소설에 대한 이야기조차 금기시할 때
부모님이 조심스럽게 이제라도 너의 살길을 찾아봐야 하지
않겠느냐고 말했을 때, 깨달았습니다.
나는 아무것도 아니라고….
이 아무것도 아닌 내가 하늘과 땅의 도움을 빌어
글을 쓸 수 있게 된다면,
세상 사람들을 이롭고 행복하게 해주는 이야기를 하고 싶다고….
그때 문단의 한 선배가 말했습니다.
"이제야말로 좋은 작품을 쓸 수 있겠구나."

모든 길흉화복에는 조짐이 있기 마련이고
그 조짐이란, 현재의 정신과 마음을 읽으면 보입니다.
많은 사람이 잘될 조짐을 읽고 싶어 합니다.
잘될 조짐이란 어떤 것일까요.
미국의 경영학자, 피터 드러커의 말에 따르면,
혹독한 역경을 딛고 성공한 사람들은
예외 없이 헝그리 정신을 가지고 있으면서도 겸허합니다.
그리고 그런 그들에게는 몇 가지 공통점이 있습니다.

밑바닥 생활이 길었다는 것,
자신에게 힘이 없다는 사실을 잘 안다는 것.

그들은 자신들이 운이 좋아 성공했다는 사실을 인정하기에
세상을 위해, 다른 사람을 위해 살고 싶어 합니다.
잘되고 있는 사람이 더욱 잘될 조짐입니다. *

극복하다

⋮

아무리 용기를 내서 해보려고 해도 하지 못하는 것이 있습니다.
어떤 사람은 사람이 많은 곳에 가지 못하고
어떤 사람은 비행기를 타지 못합니다.
엘리베이터를 타지 못하는 사람이 있는가 하면
높은 곳에 올라가지 못하는 사람이 있고
물속에 들어가지 못하는 사람도 있습니다.

그런 사람들에 비하면 약과지만 그는 뜀틀을 넘지 못합니다.
초등학교 체육시간에 뜀틀대가 몸 위로 넘어져
깔린 사고 때문이었습니다.
그런데 하필이면 중학교 체육시간 시험이 뜀틀이었습니다.
시험을 앞두고 친구들과 함께 연습을 시작했습니다.

저만치서 달려오다가 뜀틀 앞에만 서면
번번이 브레이크가 걸린 듯 자동적으로 발이 얼어붙었습니다.
친구가 말했습니다.
"이건 시험이야. 시험! 한 개도 못하면 빵점이라고, 빵점!"

빵점을 맞을 순 없었습니다.
무엇보다 모두가 보는 앞에서 뜀틀 하나 넘지 못하는
우스운 사태의 주인공이 되고 싶진 않았습니다.
그렇게 생각하고 굳게 마음을 먹자, 기적이 벌어졌습니다.
뜀틀을 넘을 수 있었습니다. 무사히 시험을 잘 치렀습니다.
그리고 신기한 일이 벌어졌습니다.
시험이 끝나고 난 후에 다시 원점으로 돌아가버린 것입니다.
그는 그 후로 두 번 다시 뜀틀을 넘지 못했습니다.

처음이 어렵지, 두 번째는 어렵지 않다고들 합니다.
그러나 어떤 상처는 처음도 어렵고,
두 번째도, 세 번째도 똑같이 어렵습니다.
한번 해냈다고 완전히 극복했다고 보기 힘든 경우가 많습니다.
단지 견뎠을 뿐입니다.
시험 때문에 어쩔 수 없이
견디는 것과 극복하는 것은 다릅니다.

견디는 것은 상처가 여전히 현재진행형이라는 뜻이고
극복하는 것은 과거형으로 마무리 되었다는 뜻입니다.

삶은 때로 오래 버티고,
견디는 사람에게 승리를 안겨주기도 합니다.
그러나 내 안의 상처에 대해서는 견디기보다는
극복을 목표로 삼았으면 좋겠습니다.
극복해서 자유로워질 수 있다면, 참 좋겠습니다.*

허공의 줄 하나

:

5센티미터 가느다란 줄이 땅에서
50센티미터 위 허공에 팽팽하게 걸려 있습니다.
처음엔 줄을 타기는커녕
그 줄 위에 올라서는 것부터 쉽지 않았습니다.
오르고 떨어지고, 떨어지고 다시 오르고
다시 떨어지고 또 오르고를 수없이 반복했습니다.
줄 위에 균형을 잡고 설 수 있게 되면, 금방 걸을 줄 알았습니다.
그러나 한 걸음 내디디려는 찰나 다시 균형을 잃고 떨어졌습니다.
고작 한 걸음입니다.
그 한 걸음이 이렇게 어려운 일일지 몰랐습니다.
그래서 오로지 그 한 걸음에만 집중할 수밖에 없었습니다.

줄 위에 서 있는 동안에는

불과 5센티미터 아래 땅에서 과거에 벌어진 일들,

앞으로 벌어질 일들은 모두 잡념에 불과했습니다.

단 1초라도 그 잡념에 사로잡히면 곧장 땅으로 떨어졌습니다.

친구가 농담을 던졌습니다.

그렇게 해서 언제 자유자재로 줄을 타는 곡예사가 될 수 있겠냐고….

답해주었습니다.

어쩌면 영원히 될 수 없을지도 모르겠다고….

그런데도 즐거웠습니다.

줄 위에 서지도 못했는데 설 수 있고

한 걸음도 못 갈 줄 알았는데, 한 걸음이라도 갈 수 있어서.

오직, 한 걸음만 앞으로 나아갈 뿐,

한 걸음 너머에 있는 걸음들에 대해서는 알지 못합니다.

오직, 한 걸음만 바라볼 뿐, 멀리는 보지 못합니다.

떨어질까봐 아래를 내려다보지도 못합니다.

가만히 웅크리고 멈춰 서 있으려고 하면

오히려 균형을 잃고 떨어질 수 있습니다.

그래서 멈추지 않고 한걸음씩 앞으로 나아갑니다.

좌로 우로 비틀비틀거리는 것은 균형을 잡기 위해서입니다.

그 위태로운 한 걸음, 한 걸음이 나를 만들어갑니다.

그렇게 나는 나를 향해 나아갑니다.

끝이 있을지 없을지도 아직은 알 수 없는 허공의 줄을 타고서

비틀거리고 흔들거리며 한 걸음씩, 한 걸음씩. *

이 모든 것은, 특별하다고 할 수 없는
보통의 느낌

뼈와 살을 내주어도 아깝지 않을 내 자식이지만
인구의 5분의 1쯤 차지하는 보통의 아이입니다.
나의 희로애락을 전적으로 지배하는 감정이지만
누구나 한 번쯤 하는 보통의 사랑입니다.
아무리 개성 넘치는 남자와 자유로운 여자도 결혼하면
남편이 되고, 아내가 되며, 보통의 부부가 됩니다.
남들에게 한없이 매섭고 강한 사람도, 맞으면 아프고
계속 아프면 부서질 수 있는 보통의 사람입니다.

기쁨을 두 배로 키워주고 슬픔을 절반으로 나눠주는 친구지만
나란히 가고 싶지, 뒤통수를 보며 쫓아가고 싶지는 않습니다.
'나'라는 사람은 똑같지만, 어떤 사람과 비교하느냐에 따라
자신감이 생길 수도, 열등감이 생길 수도 있습니다.

사람들이 나를 어떤 사람으로 생각하는지
그들의 시선과 말이 계속 신경 쓰입니다.
순수한 마음으로 내가 가진 물질과 시간을 기꺼이 나누어주었지만
숨겨뒀던 기대가 충족되지 않으면 배신당한 기분이 듭니다.
힘이 있는 사람이 힘을 과시하는 모습을 보면
세상 살 맛이 나지 않습니다.
그 사람이 나에게 힘을 과시하면 맞서야 하는지
순응해야 하는지 갈등합니다.
원칙대로 살려고 하지만
나 혼자 따르면 손해 보는 것 같습니다.

어려운 일은 할 수 있지만
무거운 짐은 내려놓고 싶습니다.

요즘 세상에 돈으로 할 수 없는 일이 없다고 말하면서도
세상에는 돈으로 매수할 수 없는 것들이 있다고 믿고 있고
거기에 삶의 의미와 행복의 열쇠가 있다고 생각합니다.

이 모든 것은, 특별하다고 할 수 없는 보통의 느낌.
상대가 어떻게 다른 얼굴로, 어떻게 다른 말을 하더라도
미루어 헤아릴 수 있도록 만들어주는 영혼의 다리.
알고 보면, 우리는 얼굴만 다른 서로의 거울입니다.
불통과 오해는, 상대가 나의 거울이라는 사실을 알지 못해서
혹은, 나라는 거울이 깨져 있어서 생기는 어긋남일지 모릅니다.

소심해서
그렇습니다

1판 1쇄 인쇄 2015년 8월 25일 | 1판 1쇄 발행 2015년 9월 5일

지은이 유선경
발행인 김재호 | **출판편집인 · 출판국장** 박태서 | **출판팀장** 이기숙

일러스트 타그트리움 | **아트디렉터** 김영화 | **디자인** 이슬기 | **교정** 황금희
마케팅 이정훈 · 정택구 · 박수진
펴낸곳 동아일보사 | **등록** 1968.11.9(1-75) | **주소** 서울시 서대문구 충정로 29(03737)
마케팅 02-361-1030~3 | **팩스** 02-361-1041
홈페이지 http://books.donga.com | **인쇄** 중앙문화인쇄

저작권 ⓒ 2015 유선경
편집저작권 ⓒ 2015 동아일보사

ISBN 979-11-85711-75-1 03810 | **값** 13,000원